MATIAS NA CIDADE

ALEXANDRE VIDAL PORTO

Matias na cidade

COMPANHIA DAS LETRAS

Copyright © 2023 by Alexandre Vidal Porto

Grafia atualizada segundo o Acordo Ortográfico da Língua Portuguesa de 1990, que entrou em vigor no Brasil em 2009.

Capa
Raul Loureiro

Imagem de capa
Sem título, da série Ovóides, 2019, tinta acrílica sobre papel de Anna Maria Maiolino, 100 x 70 cm. Coleção da artista. Reprodução de Everton Ballardin

Preparação
Leny Cordeiro

Revisão
Luís Eduardo Gonçalves
Nestor Turano Jr.

Os personagens e as situações desta obra são reais apenas no universo da ficção; não se referem a pessoas e fatos concretos, e não emitem opinião sobre eles.

Dados Internacionais de Catalogação na Publicação (CIP)
(Câmara Brasileira do Livro, SP, Brasil)

Porto, Alexandre Vidal
    Matias na cidade / Alexandre Vidal Porto. — 1ª ed. —
São Paulo : Companhia das Letras, 2023.

    ISBN 978-65-5921-389-4

    1. Ficção brasileira I. Título.

22-133416   CDD-B869.3

Índice para catálogo sistemático:
1. Ficção : Literatura brasileira B869.3

Cibele Maria Dias – Bibliotecária – CRB-8/9427

Todos os direitos desta edição reservados à
EDITORA SCHWARCZ S.A.
Rua Bandeira Paulista, 702, cj. 32
04532-002 — São Paulo — SP
Telefone: (11) 3707-3500
www.companhiadasletras.com.br
www.blogdacompanhia.com.br
facebook.com/companhiadasletras
instagram.com/companhiadasletras
twitter.com/cialetras

Para Paul G.

Absurdamente, eu tinha imaginado nosso futuro juntos como algo solene, uma coisa maravilhosa e séria, apenas para nós dois, claro, porque ninguém mais no mundo esteve ou estaria nem um pouco interessado em nós. Seríamos simplesmente feitos um para o outro, e existiríamos nessa base.

John Bailey, *An Elegy for Iris**

---

* *"Absurdly, I had imagined our future together as somehow equally grave, wonderfully serious matter, and only the pair of us, of course, for no one else in the world was or would be in the least interested in either of us. We would simply be made for each other, and exist on that basis."*

M,

Eu não cheguei a conhecer a Austrália.

Nos domingos, sempre procurava anúncios de excursões no suplemento de turismo do jornal. Sydney, Melbourne, Tasmânia: nunca pensei que conseguiria ir, mas saber o preço da viagem pelo menos me dava a dimensão da minha impossibilidade.

Na Austrália, a tarde deve estar começando agora. As pessoas acabaram de almoçar. Estão satisfeitas e sonolentas com o calor de mais um dia de verão.

Aqui, também é verão. Só que é madrugada, e nessa hora tudo fica mais silencioso neste país. As pessoas falam baixo. Ninguém gosta que os vizinhos saibam do que acontece durante a noite. É por isso que sussurram.

Eles têm razão. A gente sabe por experiência própria que uma vida pode se transformar totalmente ao longo de uma noite, não é?

Depois do nosso encontro, as coisas melhoraram para mim. Encontrei uma pessoa que me ama e cuida de mim. Tive mais um filho. Consegui um bom emprego. Minha vida é boa e eu não tenho queixas.

Por um tempo, continuei sonhando com você. Até que um dia isso parou. Às vezes, meio que do nada, ainda pensava em você. Quando isso acontecia, eu afastava o pensamento, para não ficar para baixo. Talvez isso mude agora. É que nunca consegui esquecer a tristeza que foi acordar e ver que você tinha ido embora.

Mas isso não tem mais importância. Nossas vidas foram para lados diferentes. Saiba que eu sempre só lhe desejei o bem. Não fica nenhuma mágoa. A única coisa que fica é a pergunta: como teria sido se nossas vidas tivessem seguido juntas? Descanse em paz.

S.*

---

* Escrito por Salete Oliveira, em caderno espiral com a capa da Barbie, ao tomar conhecimento da morte de Matias Grappeggia por um anúncio fúnebre publicado na *Folha de S.Paulo*.

Fim e começo

Onze pessoas assistiram ao enterro de Matias. Só a família imediata e alguns conhecidos do trabalho. Seu filho estava lá. Sua filha, que morava fora, acabou tendo dificuldades para chegar ao Brasil a tempo e achou melhor não vir.

Matias morreu relativamente cedo. Poderia ter vivido mais e melhor. Na idade em que ele morreu, muitos homens ainda se entregam a um impulso de procriar que parece irresistível, à vontade de deixar um último legado, sobretudo se não têm preocupações financeiras. Imagine aquele homem velho e rico que passeia com sua esposa e seu bebê pelos corredores de mármore de um shopping center em São Paulo.

Mas, para o que conseguiu realizar no mundo, os anos que Matias viveu foram mais que suficientes. A filha lhe deu dois netos, dos quais ele tentou se aproximar, sem sucesso. Não chegou a contabilizar, mas devia ter visto o neto mais velho onze vezes. O caçula, umas sete.

Ninguém chorou quando baixaram o caixão e selaram o jazigo. Sua morte era esperada. Ficara doente muito tempo. Aquela cerimônia a que compareciam era um sepultamento, não uma despedida. Em volta, cores escuras, fechadas: cinza-chumbo, marrom, negro. Havia chovido na noite anterior. Todos tinham lama nos sapatos.

Susana era a única com o coração apertado, triste, encolhido como um pombo no inverno. Sentia vontade de chorar, mas choraria só, em casa, quando estivesse secando os cabelos na frente do espelho. Então, choraria não apenas por ele, Matias, seu marido morto, mas também por tudo o que era sepultado com ele para sempre naquele caixão.

Ninguém nunca teve conhecimento deste fato, mas o processo de morte se instalara na vida de Matias muitos anos antes. Ele começou a morrer numa madrugada de fevereiro, antes de despertar sozinho num quarto de hotel em São Paulo.

Foi aí que se esgotaram as possibilidades de Matias Grappeggia neste mundo. Foi quando sua morte adquiriu razão. A doença veio só para confirmar isso.

O primeiro dia

Matias entreabriu os olhos por alguns segundos, mas voltou a fechá-los, sem vontade de acordar. Querendo recuperar o conforto perdido, respirou fundo. Suspirou. Ainda conseguiu sentir o perfume fraco do amaciante de roupa na fronha encharcada de suor. Revirou-se uma última vez. Soltou um peido. Mais uma noite de sono se acabou.

Voltou a abrir os olhos, desta vez completamente, pronto para ver o dia. Ainda deitado, suspirou uma vez mais e esticou o braço até a mesinha de cabeceira. Pegou e colocou os óculos automaticamente, quase sem pensar.

Foi só quando virou a cabeça, procurando o despertador, que se deu conta de que não estava em casa. De início, não reconheceu aquele quarto. Apertou um pouco os olhos. Foi tomado por um estranhamento completo, que ele, com calma forçada, tentou reverter. Queria identificar a cor da cortina e o aparelho de telefone na cabeceira. Tentava reconhecer o cheiro do ar. Parecia um quarto de hotel.

Não tinha explicação, não lembrava. Em seu corpo, odores bons e ruins se confundiam. Em sua cabeça, imagens de mulheres embaralhavam-se. Intuía o que podia ter acontecido. Só lhe faltava o rosto e o nome da pessoa que o motivara.

Na cabeceira onde pegou seus óculos, um catálogo de serviços dava o nome do hotel em que estava. Já havia se hospedado lá. O vazio de referências aos poucos se preenchia.

Teve dificuldade para se lembrar do dia da semana e do que deveria fazer em seguida. Estava atordoado. Sentia dor de cabeça. Pensou em um compromisso de trabalho que teria em Miami. Tudo parecia distante na vagueza de sua memória.

Adormecera com as cortinas semiabertas. Mesmo suavizada pelo filtro de voile branco, a luz da manhã incomodava. Deu três passos em direção à janela, fechou as cortinas e voltou à cama, enjoado.

No quarto estranho, pensava no cheiro da fronha e numa cidade longínqua chamada Miami. Teve vontade de rir de si mesmo. Sentia um leve torpor, que combinava letargia e um pouco de náusea.

Testou o movimento das mãos, dos braços e das pernas. Moveu os músculos do rosto. À exceção da lerdeza mental e de uma dor de cabeça cada vez mais fraca, não sentia nada de muito diferente.

Levantou-se. Suas pernas o sustentaram. Apoiando a

mão nas paredes, caminhou na direção do banheiro. Sentiu o piso frio nas solas dos pés. Seu reflexo no espelho era pálido, tinha olheiras. Estava nu.

O vômito veio em jato, sobre a pia. Matias voltou a vomitar, ajoelhado, em frente à privada. Passado e presente se confundiam em sua cabeça. O contato com o chão frio o ajudava a respirar melhor. Estava vivo num hotel em São Paulo.

Assim que se recompôs um pouco, deu descarga e abriu a água do chuveiro, como faria se estivesse em casa e aquela manhã não tivesse nada de diferente, não marcasse nada de importante e definitivo.

Sentou-se na privada, já mais aliviado, esperando o vapor da água quente do chuveiro envolvê-lo, como fazia todos os dias. Sua imagem desaparecia no espelho: reflexo pálido coberto pelo bloco de vapor cinza.

Quis chorar. Aquela vontade o assaltava muitas vezes antes de começar o dia. Respirou fundo, balançou a cabeça e aliviou com a água morna da ducha o desamparo que sentia.

No chuveiro, tentou se lembrar da mulher da noite anterior. Cem rostos e cem nomes diferentes lhe vieram à cabeça. Sua memória já não registrava todas as mulheres que levara para a cama. Fazia anos que desistira de contabilizar. *Talvez eu trepe demais*, pensou.

Seu relógio marcava nove e cinco da manhã. Pela janela, via o dia de sol. Pensou que tinha mulher e um casal de filhos, que era advogado, que, para um homem de sua idade, era atraente. Pensou nas lentilhas que Orlanda, a cozinheira da casa, preparava. Pensou em seus cachorros. Pensou nas eleições presidenciais. Recordava-se de tudo. A porta do banheiro estava aberta e, subitamente, a névoa de vapor tinha se dissipado.

No espelho do banheiro, examinou seu corpo, procurando pistas da noite anterior. Tinha um hematoma na parte interna do antebraço direito e achou que sua glande estava mais vermelha que o habitual. Sorriu. Acariciou os genitais, esticando-os para baixo. Aliviado e orgulhoso, mediu seu reflexo no espelho do banheiro. Sua aliança permanecia no mesmo dedo anular esquerdo.

A esse respeito, é necessário que se diga que, quando assumiu o compromisso do casamento, Matias tinha verdadeira intenção de ser fiel à mulher, Susana. Era sincero. Admirava genuinamente a ideia da monogamia. No entanto, suas tentativas de implementá-la foram sempre frustradas por desejos arrebatadores, dos quais, afinal, nunca conseguiu se arrepender.

Logo no primeiro ano de casamento, foi para a cama com a secretária de um colega do escritório e com uma ex-namorada que encontrou, por acaso, no Aeroporto de Congonhas. Recaiu em tentação inúmeras outras vezes nos anos que se seguiram.

Com o tempo, Matias chegara à conclusão de que, sim, a monogamia era um compromisso superior, do qual, entretanto, não se julgava digno ou capaz. Aceitava suas limitações. Para ele, a fidelidade tinha se transformado em um amigo que não via fazia anos, que lhe inspirava admiração, mas de cujas feições já não se lembrava muito bem.

Orlanda atendeu o telefone tranquilamente. "Não, dr. Matias, dona Susana ainda não chegou. Ela ligou pra dizer que ia direto pra casa da praia e que só chega no final da tarde. O que o senhor quer pro almoço? Ah! Esqueci de pedir o dinheiro da passadeira..."

No armário do quarto de hotel, Matias encontrou suas roupas penduradas. Calça e camisa num mesmo cabide. Os sapatos, lado a lado, cada um com um pé de meia dentro. Não conseguiu encontrar a cueca.

Um sorriso lhe veio aos lábios, e agradeceu em pensamento a subtração da própria cueca, ainda que não houvesse na memória um nome ou um rosto a quem agradecer.

As chaves do carro estavam sobre a mesa, ao lado da carteira, onde os cartões de crédito permaneciam intactos, mas da qual todo o dinheiro em espécie — cerca de oitocentos reais — desaparecera. Não lamentava a falta do dinheiro. O que de fato o incomodava naquele momento era não recordar as feições da boa ladra com quem havia se deitado.

Ao sair do quarto, encontrou do lado de fora da porta, pendurado na maçaneta, um aviso: PLEASE, DO NOT DISTURB. Na recepção, pelo registro do cartão de crédito usado no check-in, viu que chegara na madrugada do dia anterior.

Às cinco e cinco da manhã, havia se registrado em um hotel de luxo e apresentado um cartão de crédito como garantia. Às dez da manhã do dia seguinte, dava-se conta de que havia dormido vinte e oito horas naquele quarto *deluxe* categoria superior. Nos registros do quarto não constava o nome de nenhuma outra pessoa hospedada com ele.

Mais uma vez, sentiu-se nauseado. Procurou a rua, achando que se sentiria melhor.

Muita luz, muito barulho, muita informação. Reconheceu seu carro no estacionamento em frente ao hotel, mas se sentia confuso para dirigir. Caminhou até o ponto de táxi na esquina do quarteirão, acenou para o primeiro motorista da fila, entrou no carro e se encolheu no banco de trás, até chegar em casa.

Seus pensamentos traziam memórias de infância: o amigo Moacir, com quem tinha uma foto numa charrete puxada por carneiros; a propaganda da geleia de mocotó Colombo, que ele comia na infância; seu Amaro, do açougue; dona Mariquinha, do armarinho que frequentava com a mãe. Tudo desconexo.

Matias, calado, no banco de trás, olhando a vitrine do mundo. O táxi, a luz e a música do rádio.

Naquela manhã, São Paulo parecia particularmente asquerosa. Da Marginal, olhou para as águas imundas do rio Tietê. Pensou em multidões cruzando aquele rio, tentando escapar de epidemias mortais. Formigueiros humanos fugindo de vermes e vírus desconhecidos, oportunistas, invisíveis a olho nu. Pouco depois, já apaziguado com a feiura da cidade, acabou vendo encanto em seres estranhos que identificou boiando nas águas sujas do rio.

Dois cachorros latiam confusos atrás do grande portão de metal. Matias desceu do táxi e sentiu os pés no chão, enraizados, equilibrando-o. A visão da casa trazia a confirmação de sua vida real, como recordava. Quando a cadela lambeu-lhe a mão, teve um lampejo e reviu nitidamente seu reflexo no espelho do hotel.

A textura da língua, a umidade da saliva, o toque dos dentes grandes do cachorro contra sua aliança o despertaram pela segunda vez no mesmo dia, sem sono intermédio. O poder curativo dos animais: mais uma chaga lazarenta cicatrizada por um cão. Era Matias e estava em sua casa, cercado por dois cães já não tão efusivos com sua chegada.

No hall de entrada, viu um vaso de flores que não reconhecia, mas o resto da mobília era o mesmo de que se lembrava. Foi direto para seu escritório. Na escada, por segurança, recontou o número de degraus.

Instalado no escritório, quis manter a porta encostada, sem trancar, para resguardar um pouco de privacidade e, ao mesmo tempo, permitir seu resgate em caso de um mal súbito qualquer.

Que merda foi essa que essa puta me deu, caralho?!, perguntou-se. Continuava com dor de cabeça. A náusea e a incredulidade de haver dormido por vinte e oito horas seguidas permaneciam. Assustado, ligou para o consultório de um médico amigo, Henrique Galvão, seu colega de escola. Marcou uma consulta para aquela mesma tarde.

Estranhamente, uma ereção lhe marcava a calça. *Tudo tem a ver com o sistema circulatório. Somos como a Bacia Amazônica: fluidos correndo para todos os lados, várias pororocas envoltas em pele,* pensou.

Depois disso, ligou para sua secretária.

"Adriana, alguma novidade?"

"Não, dr. Matias, tudo normal."

"Como está a minha agenda?"

"Hoje às seis o senhor tem uma reunião com o Pedro Larraín, do Chile, e, às oito e meia da noite, um jantar na casa do dr. Arthur Bensahel em homenagem ao dr. Ivo Vilella."

"Onde vai ser isso mesmo?"

"Na casa do dr. Arthur, na rua Grécia. O senhor já esteve lá. Na quinta-feira o senhor tem viagem pra Miami, só para lembrar..."

"Tudo bem. Olha, eu tenho uma consulta médica à tarde e só devo aparecer para receber o Larraín. Vou deixar o celular desligado, mas vou checar meus recados de hora em hora, certo?"

Desligou o telefone, mais aliviado.

Relaxou e acabou adormecendo ali, em seu escritório doméstico, num grande sofá de couro marrom. Caiu no sono pensando no Chile, às margens de um rio imaginário, onde boiavam pneus. Sonhou que estava na ilha de Chiloé, a caminho de Ushuaia.

No sonho, estava em um aeroporto, prestes a embarcar para Ushuaia. Alguns nomes de cidades o intrigavam: Sebastopol, Samarkand, Ushuaia... Desde criança, sempre quisera ver Ushuaia, o nome geográfico do fim do mundo.

Era um sonho simples, mas que se projetava numa sequência de planos interminável, como quando se coloca um espelho na frente do outro, e a profundidade da cena refletida se torna infinita.

Silêncio. Naquele aeroporto, os aviões não faziam barulho. Não havia quadro de chegadas e partidas. O balcão da companhia aérea, abandonado, como se fosse madrugada. O silêncio só era quebrado pelo alto-falante que de vez em quando anunciava o voo que ele devia tomar. Matias não chegou ao portão de embarque. Sequer viu um avião. Em um canto do aeroporto, sentado no chão de quadrados brancos e negros, um homem velho com sorriso bovino lhe dizia: *"Si le llaman, vayase. Y que tenga muy buen viaje, Don Matias. Que todo le vaya bien, siempre. Y que sea feliz, siempre. Eso sí es lo más importante. Pero hay que irse, le llaman".*

Matias despertou com o próprio ronco. Abriu os olhos e reconheceu seu escritório. Deitado, tentava controlar o ritmo da respiração quando Orlanda ligou da cozinha avisando que a comida estava servida. Não gostava de comer sozinho, mas desceu para almoçar. Brincou no prato com umas folhas de alface e de rúcula e com umas rodelas de tomate, que, por fim, engoliu.

"Henrique, hoje de manhã eu acordei meio desorientado num quarto de hotel sem saber direito como havia ido parar lá. Acho que fui com alguma mulher e ela acabou me aplicando um golpe, um 'boa noite, Cinderela', algo assim. Não sei o que a porra dessa mulher me deu, mas eu dormi direto por vinte e oito horas. Acordei mal, totalmente grogue, vomitando, cheio de náuseas. Ainda estou me sentindo meio debilitado. Sei lá... Estou preocupado. E se essa mulher tiver me dado alguma coisa perigosa? Eu me registrei no hotel na madrugada de ontem, tipo cinco da manhã, aparentemente cheguei por minhas próprias pernas. Mas minhas lembranças são muito vagas."

"Qual é a sua última lembrança antes de acordar hoje de manhã?"

"Quando acordei, senti que tinha trepado muito. O perfume da mulher ainda estava no meu peito, na minha boca. Sabe quando a gente beija um pescoço com perfume, que fica aquele gosto na boca? Lembro vagamente de uma mulher de cabelos pretos com quem conversei no balcão de um bar. Era uma boate, ou talvez seja só um flashback de outro dia, mas sei que passei antes nas barracas de flores do Cemitério do Araçá. Disso me recordo. Parei, assim, por impulso. Depois disso, as coisas já começam a se embaralhar na minha cabeça."

"Onde foi mesmo que você foi comprar flores?"

"Naquelas barraquinhas em frente ao cemitério."

"Mas para quem você compraria flores? Você está namorando alguém, Matias? Era pra Susana?"

"Não, não tem nada disso. Você sabe que eu não sou de namorar. Desde os tempos da faculdade que eu às vezes paro naquelas barracas. É uma esquisitice minha. Até hoje, de vez em quando paro o carro e faço um passeio por todas as barracas. Gosto do cheiro de folha molhada, sempre gostei. Às vezes compro flores e levo pra casa. Acho relaxante ir lá. Pra mim é meio terapêutico, como dirigir à noite pela cidade. Mas você acha que eu posso ter tido um derrame leve, alguma coisa assim?"

"É uma possibilidade, mas não sei. Você parece bem.

Vou pedir uns exames. Esse tipo de amnésia pode estar associado a algum distúrbio neurológico. Foi a primeira vez que você sentiu algo desse tipo?"

"Foi."

"Você se lembra de ter tido algum tipo de dor de cabeça? Problemas de visão?"

"Não, nada de que eu me lembre especialmente."

"Você está dormindo bem?"

"Eu tenho insônia. Então nunca durmo cem por cento bem. Em geral, tomo meio Dormonid antes de ir para a cama. Mas, a não ser por esse episódio de ter dormido tanto tempo direto, não notei nenhuma mudança, acho. Henrique, eu estava pensando, essa mulher deve ter me dado uma droga forte pra burro. Cara, eu dormi por quase trinta horas seguidas! E não é que a mulher tenha me dado a droga e eu tenha capotado, assim, simplesmente. A gente ainda trepou bastante. Eu acordei totalmente embocetado. Henrique, sabe cheiro de boceta? Além do mais, hoje de manhã, no hotel, tive a impressão de que o meu pau estava meio esfolado."

"Deixa eu te examinar, tira a roupa."

Sentado na maca do consultório, tirou a camisa, desafivelou o cinto e baixou as calças e a cueca até a altura dos joelhos.

Estava tão entretido com esse prazer hipocondríaco--exibicionista, que Henrique, vestindo luvas de látex, parecia-lhe outra pessoa: o médico apenas, sem o amigo. De alguma maneira, isso o tranquilizava.

"Dá para ver que as mucosas da sua glande e do seu

prepúcio estão um pouco irritadas. Você deve mesmo ter cometido alguns excessos. Ela te roubou alguma coisa?"

"Levou a grana que eu tinha na carteira, uns oitocentos, novecentos reais, mas deixou os cartões."

"Você deu sorte. Essa mulher podia ter te matado. Queria ver a cara da Susana quando soubesse do seu assassinato num quarto de hotel..."

"Henrique, para de besteira..."

"Mas olha, falando sério, acho que a gente poderia pedir um exame toxicológico, porque, se você ingeriu algo tão forte assim que te derrubou por quase trinta horas, a substância ainda deve estar no seu organismo. Você se lembra de ter bebido alguma coisa?"

"Não me lembro direito, mas vomitei bastante e acho que vi um copo de uísque no quarto do hotel..."

Àquela altura, Matias se sentia incomodado por ter perdido um dia inteiro de sua memória, talvez mais. Haviam tomado o seu corpo, levado para uma dimensão desconhecida e devolvido com vinte e oito horas de memória a menos. Sentia-se incompleto, desmoralizado, como alguém que, caído na calçada, é ignorado pelos transeuntes.

"Puta escrota de merda!", praguejou com a resignação de quem enfia sem querer o pé numa poça d'água.

Quando chegou ao escritório, Larraín já o esperava. O chileno estava interessado no regime legal para a importação de salmão no Brasil. Os dois haviam jogado golfe juntos com o amigo em comum que os apresentou, mas isso não bastou para criar entre eles a familiaridade que ali fingiam ter.

Além do golfe, a única coisa que Matias sabia sobre Larraín era que ele era mulherengo, porque durante a partida que fizeram tinha apregoado sua admiração pelas qualidades anatômicas de duas mulheres jovens que jogavam um buraco à frente deles.

Matias havia achado o chileno meio bobo, meio infantiloide. Tinha um tom de voz e uma empolgação ao falar que pareciam artificiais em um homem de sua idade. Era como se, aos dezenove anos, tivesse definido um estilo pessoal que até hoje mantinha, sem adaptações.

A conversa seguia. *Esse cara vai falar dos dezoito buracos do jogo, depois do gim-tônica que tomou no bar do clube, e só quando rolar o almoço é que vai enfiar um salmãozinho no cardápio para ver se introduz o assunto. Desembucha logo, cara!,* pensava, desejando, concentrado, que o chileno captasse telepaticamente seus pensamentos.

Enquanto Larraín não falava nada de importante, Matias podia divagar. Desligou-se do diálogo e se programou para se reconectar à menção da palavra "salmão".

Ali, em suas divagações, retornou ao quarto do hotel do dia anterior. Tentou recompor o rosto da mulher com quem tinha passado a noite. Mesmo sem rosto, sabia que ela provavelmente era vulgar porque era a vulgaridade que o atraía nesse tipo de aventura sem compromisso. Era o único dado que ele tinha dela. Tinha de falar alto, chamar a atenção, ser provocante, falar sacanagem, pedir para ser comida.

Gostava de peitos grandes e firmes, que ele imaginava soltos, movendo-se no decote, sem sutiã. Pensava na maciez da pele, na calcinha enfiada na bunda redonda, voluptuosa. As unhas dos dedos dos pés pintadas de vermelho escuro e, nua, uma pulseirinha no tornozelo. Marca de biquíni, coxas bronzeadas, com pelos descoloridos ("eu era loira quando era criança").

Compunha esse retrato e deduzia um pouco de seu mistério. Familiarizava-se, enfim, com os traços da mulher da noite passada. Pendurando o retrato mental de sua parceira noturna na parede, deu ao chileno o que ele merecia:

"Olha, Pedro, você está livre pra almoçar amanhã? Durante o almoço a gente poderia conversar com mais calma. Minha secretária marcou um jantar que eu não estava esperando e já está quase na hora. Aliás, eu conheço um restaurante que serve um excelente salmão chileno. Tenho certeza de que você vai adorar." Deixava assim a cama feita para o chileno bunda-mole.

"Adriana?"

"Pois não?"

"Adriana?"

"Sim?"

"Você poderia lembrar dona Susana do jantar de hoje?"

Estranha a relação desses dois. Chefe e secretária, impúberes um para o outro. Assexuados sempre. Nem precisam conversar muito. Uma relação sem surpresas, sem taquicardia, sem encheção de saco: ele pede, ela faz. Ele, para ela, é quem paga um bom salário. Para ele, ela é um instrumento de trabalho, que usa uma colônia muito suave, sem traço de vulgaridade. Talvez a explicação esteja aí: a falta de vulgaridade. O salário é justo e retribuído em trabalho, nada mais. A relação entre patrão e secretária vai continuar nesses termos, enquanto ambos estiverem felizes e se sentirem reciprocamente gratificados.

No caminho para casa, no carro da empresa, Matias cochilou no banco de trás. Fechou os olhos querendo só acordar na manhã seguinte. Amanhã de manhã, despertaria em um quarto conhecido e receberia os resultados dos exames que o médico pediu. Amanhã de manhã, estaria um pouco mais afastado desse quase mistério, um pouco mais à vontade com essa aventura que degringolou.

Mas, e se um vaso do cérebro se romper durante a noite? E se uma veia do cérebro se romper agora e ele morrer porque um pedacinho de carne não segurou as pontas? É a lógica dos vírus: não tem como ver, não tem como saber. Antes de cochilar era nisso que pensava no caminho entre o trabalho e sua casa.

Se estivesse indo visitar um amigo íntimo, poderia, antes mesmo que ele lhe oferecesse uma bebida ou coisa que o valha, dizer:

"Cara, estou meio angustiado com algo que aconteceu ontem."

Aí, enquanto o amigo se afastava para pegar copos e uma garrafa, Matias seguiria contando a história que o angustiava. E o amigo diria tudo o que Matias quisesse ouvir, e a amizade íntima se consolidaria mais ainda. Mas Matias não tinha nenhum amigo tão íntimo. Era melhor esquecer a angústia. A pessoa mais próxima que ele tinha era Susana, que o esperava em casa recém-chegada de uma viagem a Paris.

Ai... ter de encarar Susana como se nada tivesse acontecido... Mas acho que ela não vai nem notar a minha tensão. Vai querer contar as coisas da casa de praia, gabar-se de sua eficiência, dos móveis que encontrou, do preço que conseguiu, das ideias que teve. Ela vai falar disso durante a ida e durante a volta do jantar. Eu vou fingir que não escuto, não vou dar bola. Não vou fazer nenhum comentário. Ela não vai nem notar.

Pouca gente conhece detalhes da vida sexual de Susana e Matias. Ela falou do assunto com suas duas irmãs e com um de seus analistas; ele falou do assunto com três das mulheres com quem saiu. Entre marido e mulher não se comenta o assunto.

Na intimidade, toda relação sexual é negociada. Matias fará a proposta com a mão, que, sutil, passeará pela coxa ou pelas costas de Susana. Pode propor, também, encostando sua ereção contra o corpo dela, na cama.

Susana respirará fundo, revirará os olhos e moverá o pescoço. Aí aguardará a reação dele. Se ele não confirmar a proposta, se não repetir o mesmo ritual, o que é o mais frequente, ela vai sentir uma pontada de tristeza no coração, vai virar-se na cama, fechar os olhos e forçar-se a dormir.

Se, no entanto, ele insistir, se confirmar a proposta, ela concederá com disposição. Matias vai pedir para chupar Susana, e a penetrará com dois dedos de preliminares antes de se deitar sobre ela, evitando beijá-la na boca porque tem a impressão de que ela não gosta muito de que ele a beije de língua, sobretudo depois de tê-la chupado.

Ela acha que Matias a beija com muita saliva. Por isso, evita beijá-lo. Também porque não gosta da ideia de ter a flora bacteriana da própria vagina transportada para sua boca, via beijo. Ainda assim, vai abraçar o marido com força e vai gemer para ajudá-lo a atingir o orgasmo. Ela sabe que seus gemidos o excitam. Por isso ela geme, não por excitação.

Dez minutos depois de acabarem, ela estará pensando em alguma questão irresolvida entre eles: uma mágoa que ficou, alguma falta de consideração que voltou à memória. Susana tem vontade de falar sobre isso, mas não fala, porque Matias, absorto, não parece minimamente interessado em conversar.

É que ele, ali, naquela situação, também sente no peito uma pontada de tristeza. Queria querer mais, queria sentir mais e sabe que isso nunca vai lhe acontecer.

Hoje é 7 de fevereiro. Em maio eles completarão vinte e quatro anos de casados.

Da entrada do quarto, Matias entreviu a mulher no banheiro, acabando de secar o cabelo. Escova em uma mão, secador na outra. Absorta no barulho, interesse total, em profunda concentração, sem perceber que era observada, vulnerável. *Uma mulher vulgar não seria capaz de tanta vulnerabilidade*, pensou.

No quarto, Matias tirou toda a roupa. Nu diante do espelho, verificou seu corpo uma vez mais em busca de marcas comprometedoras. Caminhou rápido para o banheiro. Pensou que Susana reclamaria do terno jogado sobre a cama e da gravata pendurada no braço da poltrona quando voltasse para acabar de se vestir, mas não se importou. No banheiro, surpreendeu a mulher, que aterrissou imediatamente, sem despressurizar, na realidade do casamento.

"Oi, tudo bem? Como foi lá?"

A caminho do chuveiro, tocou-lhe a cintura com as duas mãos ao mesmo tempo, ameaçando encostar-se nela. Sentiu uma pulsação imediata no pênis.

"Tudo bem."

"E a Juju?"

"Acho que bem. Até liguei para ela hoje à tarde. Só estou preocupada é com esse namorado dela."

"Por quê? Você acha que ele não é legal? Não melhorou a impressão?"

"Sei lá. Fico com medo de estar sendo injusta. A Juju me mandou uma foto da mãe dele."

"O que tem a mãe dele?"

"Sabe aquelas mulheres muçulmanas religiosas, que usam xador cobrindo a cabeça? É dessas. Fiquei um pouco chocada, não esperava. Mas a Juju parece gostar dela."

"Mas o que é que esse garoto faz?"

"Estuda arquitetura na mesma faculdade que ela. Ela

vive dizendo que ele é muito inteligente, tipo gênio. Parece que ganhou uma bolsa integral. Eu sei que estou sendo preconceituosa. Só fico preocupada com essas diferenças culturais. E esse menino, com o passado que ele teve, o assassinato do pai na guerra, ter sido refugiado, deve ser cheio de traumas. Meu medo é que ela acabe sofrendo à toa, que entre numa fria com alguém complicado. Mas você se lembrou de trazer o remédio?"

"Não tive tempo", mentiu, sem ter ideia de que remédio ela falava.

"Você sabe quem vai estar nesse jantar?"

"A Adriana falou que o jantar é para o Ivo e a Maria Tereza?"

"Falou. Mas por conta de quê?"

"Acho que o Arthur quer agradar o Ivo antes que ele se mude para Brasília. Você sabe que ele tem obsessão por essa coisa de fazer contatos."

"O que é que o Ivo vai ser mesmo?"

"Chefe de gabinete do ministro da Justiça. Vai ter muito poder. Bom contato para o Arthur."

"Será que a Maria Tereza vai topar morar em Brasília, longe dos filhos, naquela secura?" Susana passava lápis nos olhos quando Matias saiu do chuveiro. "Imagina! Duvido que ela vá."

A maneira de Matias desviar o rumo chato que a conversa ia tomando foi sair do banheiro murmurando.

"Sei lá, talvez eles tenham um acordo qualquer. Mas Brasília não deve ser tão ruim assim, tem muita gente que gosta de morar lá."

No quarto, Susana nem reparou nas roupas de Matias espalhadas sobre a cama.

"Aproveitei que você estava fechando transação no escritório e fui ver a reforma da casa da praia com a arquiteta, acho que vai ficar bem. Ela quer esticar um pouco o deque. A Orlanda me disse que a Belinha está no cio. Parece que andou cruzando com o Joca. Você tem de mandar separar esses cachorros, Matias! Se essa cadela tiver dez filhotes de novo, você vai ter que arranjar alguém para cuidar e dar um destino pra eles, porque eu não vou querer nem saber, já vou avisando."

A verdade, porém, é que, caso a cachorra tenha filhotes, ela vai se apaixonar por cada um deles, e terá dificuldades em vê-los partir. Naquele momento, Susana finge que é ranzinza para evitar que o silêncio se estabeleça. Briga com o marido para vincular-se a ele. Discussão, para ela, é só mais uma forma de diálogo.

Enquanto Matias e Susana seguiam para o jantar, Joca e Belinha se encontravam engatados cauda a cauda, no terceiro pós-coito do dia: estátua grotesca de dois cães ofegantes, em função reprodutiva à beira da piscina. Naquele momento, gente mais sensível poderia sentir no ar fresco do jardim as ondas de energia desprendidas pela concepção de oito filhotinhos.

O casamento

Susana e Matias casaram-se no dia 18 de maio. Três anos antes, na mesma data, haviam sido apresentados por um amigo comum.

O namoro foi quase monótono. Poucas brigas, momentos agradáveis e nenhuma grande dúvida. O tempo ia dando a medida do que, entre eles, deveria, dia a dia, acontecer.

Noivaram dois anos depois do primeiro encontro. Na festa de noivado, Matias, homem, orgulhoso, descobria-se pronto para casar.

Naquela mesma noite, em sua cama, antes de dormir, sonhou a vida que queria com Susana. Levemente bêbado, imaginou uma fazenda com cães pastores tangendo ovelhas, num país remoto, do outro lado do mundo, bem distante do Brasil.

Casaram-se no ano seguinte.

O mesmo padre que batizara Susana celebrou seu casamento. Não que isso fizesse a menor diferença para ela àquela altura da vida. Mas sua mãe, que era católica praticante, conhecia padre Justino havia muitos anos e fez questão de que fosse ele a casá-la.

Para Susana, o único interesse naquela cerimônia era a metamorfose que ela lhe causaria. Por meio do casamento com Matias, mudaria sua vida e sua identidade. Padre Justino abençoava aquela transformação. Na época, ela também sonhava com uma fazenda, cães pastores e ovelhas, num país distante, do outro lado do planeta.

Matias, como noivo, estava satisfeito, mas não feliz. Não que estivesse infeliz; é que não caberia falar de felicidade ali. Não era por essa razão que ele se casava. Sua busca não era romântica, sua satisfação era de outra natureza, composta quase inteiramente de orgulho. Sentia orgulho de sua noiva e quase queria que seus sogros houvessem sido seus pais.

Considerava o casamento uma confirmação da vida adulta, uma atividade que as pessoas realizam em duplas, como uma partida de tênis, que pode se transformar em frescobol na praia, ou em futebol na lama. Ali, Matias Grappeggia cumpria seu destino. Casava-se bem. Levava seu nome adiante.

Incluía-se na ordem natural das coisas: do pó ao pó. O padre falou de eternidade, da geração seguinte, que o casamento deles seria uma eterna construção, e ele pensou na catedral em Barcelona cuja construção nunca acabara, sobre a qual lera na revista *Manchete* muito antes de se casar.

Para não sobrecarregar os recursos do noivo, Susana escolheu uma praia perto de São Paulo para a lua de mel. Um motorista os levou num carro alugado. No banco de trás, olhando a paisagem, Matias se perguntava se aquela vegetação fechada ainda abrigaria macacos. Susana não pensava em nada. Feliz com sua nova vida, enjoava nas curvas da estrada que a levava serra abaixo, em direção ao litoral.

Perdeu a virgindade cerca de quarenta minutos depois de chegar ao hotel, mas não conseguiu identificar o momento exato do defloramento. Entendeu que ter se mantido virgem não fizera a menor diferença, que sua virgindade não valia nada, não mudava nada. As duas taças de champanhe que engoliu a confundiram, sem relaxá-la. Fato consumado, abraçou as costas do marido, beijando-lhe o pescoço.

Mudou a vida sem choro. O sexo seria uma atividade a mais na rotina de seu novo estado.

Durante o resto da lua de mel tomaram banhos de mar, comeram camarões e fizeram sexo três vezes todos os dias, de manhã, durante a tarde e à noite.

O marido

Matias não se reconhece mais. Acha que perdeu o controle da pessoa que queria ser. Já faz alguns anos, precisa de meio comprimido de Dormonid para cair no sono. Algumas vezes, toma um comprimido inteiro. Sem o remédio, passa a noite quase toda em claro. No dia seguinte, acha que até dormiu um pouco de manhãzinha, mas nunca tem certeza se dormiu de fato ou se passou a noite inteira acordado, pensando, sem descanso.

Matias acha que relaxa com o trabalho. Susana lhe diz que é o trabalho que o deixa tenso. Durante anos, não saberia precisar quem dos dois tinha razão. Recentemente, chegou à conclusão de que o trabalho o relaxa, sim. O resto da vida é que o deixa tenso.

Susana jura que conhece o marido nos mínimos detalhes. Acha que não há reentrância ou saliência do corpo de Matias que lhe escape. Essa ilusão de conhecimento a tranquiliza. Pensa conhecer a alma dele, mas não entende seus mecanismos emocionais. Ignora suas necessidades e mentiras. Se não ignorasse, será que a relação dos dois seria diferente? Será que existiria?

Matias considera-se um homem bom. Reconhece a maioria de seus defeitos. É fraco em vários aspectos, sua vida lhe demonstrou isso. Tem medo de ficar louco e de empobrecer. Mas não é violento, nunca chegaria a matar. É temente a Deus: agradece a vida que tem, contribui para um lar de crianças pobres e sente culpa por muitas coisas que lhe dão prazer.

Nunca reclamou de ter de sair com os cachorros tarde da noite quando ainda moravam em apartamento. No passeio, tinha vinte minutos de silêncio interior, todas as noites. Ele e os cães, cheirando as calçadas da cidade. Andava rápido, na direção em que era puxado, numa brincadeira imaginária que combinava trenó e esqui aquático.

Uma das fraquezas de Matias é sua libido. Tem pouco controle sobre ela. Pensa em sexo constantemente. Masturba-se quase todos os dias. Sempre que pode, visita um bar de garotas de programa. Faz isso quando Susana viaja. Quando ele, Matias, viaja, arranja mulheres que o visitam no hotel. Sente-se mais seguro quando paga pelo sexo que vai ter. As garotas de que gosta parecem gostar dele também. Depois do pagamento, desaparece qualquer culpa pós-coito. Às vezes ele está em São Paulo quando deveria estar no Rio. Susana nunca soube disso.

O primeiro interesse erótico de Matias é visual. Em um bar escuro, tem prazer em identificar as mulheres que iluminam o ambiente, que atraem seu olhar. É o que ele procura. Aos quarenta e seis anos, acredita que algumas mulheres não têm luz e escurecem o lugar em que se encontram. Com um olhar oblíquo involuntário ou um ricto de amargura esquecido na boca, repelem o cliente que, como ele, só busca prazer.

Tem outras mulheres que são apagadinhas, com ocasionais faíscas de luz. Ele as acha todas iguais, indignas de descrição. Na multidão, ninguém as vê. De perto, desaparecem.

O tipo que Matias procura é raro. São poucas as mulheres luminosas a ponto de encandear a vista de quem olha. São essas as que ele quer. Nunca teve dificuldade para identificá-las. Quando as encontra, segue-se em geral um mesmo ritual: uma bebidinha, uns beijinhos e um hotelzinho. Uma trepadinha, enfim.

A mulher

Susana acha que vai morrer cedo. Desde jovem procura fazer com que todos acreditem nisso. Os filhos acham patético quando ela lhes diz que "sente" que vai morrer aos cinquenta e seis anos. Não a levam a sério, mas, no fundo do coração, têm uma ponta de medo de que ela possa estar certa. Ela tem quarenta e cinco, um a menos que o marido. Sua mãe morreu cedo, inesperadamente. Talvez por isso se sinta herdeira de uma morte prematura. Pode ser que ela, como a maioria das pessoas, morra antes do que espera. Pode ser, por outro lado, que viva muito mais e melhor do que imaginava viver.

A chantagem de que se utiliza é tão sutil e incorporada à sua personalidade que pouca gente a percebe. Susana, no entanto, sente que chantageia. Sabe que conseguiu inculcar nos filhos e no marido o temor dessa morte anunciada com tanta antecedência. Mas prefere não pensar no assunto para não criar responsabilidades morais para si mesma. As coisas são o que são.

Fez questão de casar virgem. Matias tentou penetrá-la algumas vezes antes do casamento, mas ela nunca cedeu. Tinha medo da dor do defloramento, que uma amiga descrevera como "lancinante". A mãe aconselhara que se guardasse até o casamento. Susana seguiu o conselho e também a própria vontade. Poderia ter cedido, mas o desejo nunca superou a razão.

Nunca disse a ninguém, mas acha que jamais chegou ao orgasmo. Às vezes, sente prazer com Matias: fica úmida, geme, aperta as costas dele. Mas o que sente com o marido não corresponde às descrições de orgasmo que já ouviu ou leu. Tem uma curiosidade enorme de gozar, de experimentar um prazer que ainda não conhece. Um programa de entrevistas na televisão a fez entender que deveria procurar uma terapia. Arranjou uma analista, mas nunca tocou no assunto durante os quatro meses em que aturou a tentativa.

Susana tem sabido ser bonita em todas as idades. Há alguns anos se apaixonou platonicamente por seu professor de bridge, um uruguaio aventureiro exilado no Brasil. Pensava nele à noite, antes de dormir. Quando isso acontecia, virava-se para Matias, que dormia de bruços, olhando para fora da cama. Às vezes chorava um pouco para se aliviar.

No seu íntimo, tem convicção de que era correspondida em seu sentimento pelo professor de bridge. Jamais teve coragem de dizer nada. Quis insinuar algo durante um café que tomaram juntos um pouco antes de ele se mudar para Porto Alegre, mas não tomou nenhuma atitude.

Susana nunca mais teve notícias dele. Lembra-se de suas mãos bonitas segurando o baralho. Lembra-se do sorriso e das sobrancelhas. Com ele, conseguiu imaginar um pouco o prazer que o sexo poderia proporcionar.

Diz para todos que é bem-casada. No entanto, ignora vários fatos da vida do marido. É que Matias mudou ao longo dos anos, mas não teve a cortesia de avisá-la. Ele pensa e faz coisas de que a mulher não desconfia. Seus defeitos e qualidades já eram dele, desde sempre. Só que Susana não os notara quando foi apresentada ao futuro marido pelo amigo comum, Mário, um grande babaca, aliás.

O final do primeiro dia

Arthur e Leni Bensahel viviam num palacete cercado de jardins perto do parque do Ibirapuera. A residência havia sido projetada nos anos 1920, em estilo modernista, por um arquiteto alemão que passava uns tempos no Brasil e que, depois, acabou ficando famoso na Europa. A construção e os jardins eram sóbrios. Quando a visitaram pela primeira vez, antes de comprar, acharam a casa sem graça. Imaginavam algo mais imponente. Mas era uma casa importante — o único projeto do tal arquiteto no Brasil — e decidiram que a sem-gracice não importava tanto diante da validação social que traria.

O interior da casa correspondia mais ao estilo dos proprietários, com muitos objetos de arte e pinturas de grandes dimensões. Os homenageados, Maria Tereza e Ivo Vilella, ainda não haviam chegado, mas Matias logo reconheceu alguns dos outros convidados.

Passeando pelas salas, identificou um pastor que tinha um programa de rádio de grande audiência em São Paulo. Conversou rapidamente com uma embaixadora estrangeira que chegara fazia pouco ao Brasil e, no jardim, cumprimentou dois desembargadores, levantando seu copo com um aceno.

O jantar foi servido em cinco mesas redondas, ao redor da piscina. "Tudo muito simples, só uma oportunidade para juntarmos os amigos em torno de nossos queridos Ivo e Tetê", como disse Leni depois do brinde feito pelo marido.

Matias sentou-se entre a mulher de um desembargador e uma juíza federal. Em condições normais, tentaria ser simpático e agradável durante o jantar, sobretudo estando entre duas mulheres, mas, naquela noite, falou pouco. Seu olhar era atraído para a água iluminada da piscina.

Tinha tomado umas três taças de vinho. Sentia-se leve. As preocupações daquele dia estranho começavam a deixar de ser importantes. *Tem muita mulher bonita dando sopa nesta cidade*, pensou no caminho de volta para casa.

Em casa, Matias começou a sentir o início de uma ereção enquanto subiam a escada para o quarto — Susana na frente, ele atrás. Se lhe perguntassem, diria que o que desencadeou tal reação haviam sido o perfume da mulher e o atrito provocado pelo movimento das pernas subindo os degraus. Nada mais.

Por impulso, intoxicado pelo perfume e pela bebida, agarrou Susana por trás e beijou seu ombro. Depois disso, era como se tivesse entrado em transe. Foram deixando um rastro de roupas pelo caminho. Quando se deu conta, estava no chão do quarto sobre Susana, penetrando-a. No piso, com ela por baixo, o corpo da mulher tinha se tornado um apêndice do seu, uma sensação de umidade quente que o envolvia.

Com as palmas das mãos, Matias pressionava os seios de Susana em movimentos circulares. Seus dedos esticados, entrando na carne da mulher, apoiavam o movimento forte dos quadris. Susana olhava Matias nos olhos, sem reconhecer o marido, sem se mexer. A saliva de Matias escorria para a boca de Susana. Descia-lhe pelo queixo, melando a base do pescoço e a nuca. Sentia o marido dentro de si. Estranhou que o sentisse vibrar. Nunca vira o marido transar com tanta energia, com esse olhar fixo, de louco. Nunca vira Matias babar daquela maneira.

Susana ainda tentou balbuciar algo, mas o peso do peito dele contra o seu a impedia de falar. Era como se ela não estivesse ali. Manteve-se calada, com o medo crescendo dentro dela. No rosto, o olhar da gazela viva devorada pelo crocodilo no documentário da televisão. Estava emocionada, mas as estocadas de Matias impediam a concentração que ela precisaria para chorar. Fechou os olhos e esperou que ele gozasse e se desengatasse dela.

Ao seu lado, Matias adormeceu. Susana ficou na cama, inerte, e não foi limpar-se no banheiro. Mais de uma hora se passou até que conseguisse, finalmente, adormecer.

Havia terminado o primeiro dia.

O segundo dia

Enquanto Susana dormia ao seu lado, Matias sonhava com o quarto de hotel da noite anterior. Viu-se dormindo, nu, barriga para cima, com os braços estendidos sobre a colcha intacta. Imóvel, como um cadáver em exposição pública.

Depois do sexo com Susana, descansaria como se houvesse adquirido aquele descanso com o suor de seu trabalho. Algo como dormir até tarde na manhã do sábado depois de uma semana difícil, mas compensadora.

No sonho de Dormonid, seu corpo se purificava, mas não se tornava mais humano. A prostituta peituda, de bunda grande e unhas pintadas, lhe apareceu no sonho. A imaginação dele a havia colocado sentada na cama, ao seu lado, as perninhas muito curtas para tocar o chão do quarto. O rosto da mulher confundia-se com o da menina, sua filha, que ele levava ao supermercado, e que tinha paladar adulto para gostar de balas de anis, de azeitonas pretas e de vinagre, mas que, inocente, ainda não menstruara.

Os dedos da prostituta passeavam pelos cabelos dele para fazê-lo dormir mais profundamente, como se o movimento circular na cabeça mantivesse ativas as engrenagens que o faziam inconsciente. Tinha cumprido uma missão e agora descansava num quarto de hotel. No sonho, isso era claro. Não cabia dúvida.

Acordou sozinho, por volta das quatro horas da manhã, ao lado de Susana, que se protegia em posição fetal. Quis recuperar um pouco do lençol, quase todo enredado no corpo da mulher. Não quis acordá-la e sentiu desconforto em dividir sua cama naquela noite.

Achava estranho que pudesse se esquecer do rosto de sua mulher, mas várias vezes o esqueceu. Quando isso acontecia, voltava para casa ansioso para revê-la. Ao primeiro olhar, a memória se restaurava.

Quase vinte e cinco anos de casados e ele ainda se esquecia do rosto dela. Como amar uma figura sem rosto, uma mula sem cabeça? Aprender a amá-la seria trabalho de uma vida inteira, até o fim.

O barulho dos grilos o fez adormecer novamente.

Em um segundo sonho, estava no supermercado com a menina. Empurrava o carrinho no qual ela, sentada, balançava suas pernas curtas. Comprava biscoitos recheados de baunilha, marca São Luiz, em embalagem azul-celeste e branca. Sessenta e nove centavos o pacote. Pegou dez pacotes. Queria agradá-la, mas também queria sentir-se seguro de que, se fosse fazer uma viagem longa, não passaria fome.

Essa mesma fome o acordou pouco depois das sete da manhã. Olhou para o lado. Susana continuava dormindo em posição defendida.

Eu faço mal a essa mulher, foi o pensamento amargo que inaugurou seu dia. Vestiu um roupão e buscou refúgio no escritório. Sentou-se em sua poltrona e ficou olhando para a frente sem fixar o olhar em nada. Sentia-se lúcido, mas, com a lucidez, vinha a tristeza de enxergar seu retrato em tempo real e descobrir-se pálido, enrugado, combalido. Então, quis espantar a lucidez. Numa gaveta da escrivaninha, reencontrou a vida cotidiana num relatório de trabalho. Abriu-o como se abre um livro infantil, cheio de figuras. Melhor assim: suas emoções eram sempre subversivas. Parecia convicto, mas estava muito confuso. Eram oito e vinte e dois da manhã, e ele já ouvia os chinelos de Susana contra o piso de madeira do corredor. Matias tinha outro dia diante de si.

Esperou mais do que gostaria na antessala do médico. Se não estivesse tão preocupado com uma situação tão singular, teria pedido a alguém do escritório que buscasse os resultados dos exames. Depois, com eles em mão, falaria com Henrique pelo telefone, e ele lhe diria que no geral tudo estava bem, mas que a taxa dos triglicerídeos estava meio alta, que convinha comer menos tomates, que o colesterol também começava a aumentar, e que almoços de trabalho em churrascarias eram assassinos — além de deselegantes. No entanto, dr. Henrique, o médico, acabaria o telefonema como Henrique, o amigo, e o tranquilizaria, dizendo que, entre mortos e feridos, ele não era nem um nem outro: continuava vivendo.

Matias sabia que, desta vez, não haveria tal telefonema. Tinha o pressentimento de que não estava bem. Como Susana, que esperava uma morte prematura, contava com uma má notícia.

Aquela espera na antessala ia se transformando em Via Dolorosa: o princípio, o fim e a revelação. Quando entrasse no consultório, Henrique e dr. Henrique lhe diriam, juntos, em uníssono, que ele estava gravemente doente, que tivera um acidente vascular cerebral na noite anterior, que um tumor do tamanho de uma laranja se instalara no centro do seu fígado, que a metástase era um fato e que uma solitária enorme, *Taenia solium*, adquirida em visita a uma churrascaria, já lhe carcomia os miolos.

Evitou os olhos de Henrique quando entrou no consultório. Antecipando-se, procurou a cadeira em que dr. Henrique o mandaria sentar. Não queria adivinhar a razão de sua morte na voz do "bom dia!" que lhe daria, ou em uma expressão facial traída. Preferia saber a verdade quando o momento chegasse. Sentou-se e esperou.

"Matias, não encontrei nada de anormal nos exames que você fez. O hemograma e o eletroencefalograma estão dentro dos parâmetros. O exame toxicológico não acusou nada. O que aconteceu com você pode ter várias causas. Não acho que você tenha nada sério, mas, por desencargo de consciência, para ficar cem por cento tranquilo, queria que você fizesse uma tomografia e um eletro mais longo, monitorado, de doze horas. Dava para você ir para a clínica depois do almoço? Você faz os exames durante a tarde e o eletro durante a noite. Amanhã de manhã você já está livre. É possível?"

Matias levantou o rosto e olhou nos olhos de Henrique. Assentiu com a cabeça, mas não falou nada. Só pensou que não gostava de resignação, essa assassina do espírito, outro câncer além do que ele provavelmente já tinha. Olhos baixos, procurou o telefone no bolso do paletó e achou ruim que os celulares estivessem ficando cada vez menores.

Ligou para Adriana no escritório. Fingiu uma segurança que não sentia e pediu que transferisse o almoço com Pedro Larraín e todos os demais compromissos da tarde e da manhã seguinte. Quase pediu que não marcasse jamais qualquer outro compromisso. Mas desligou antes de que a ideia se articulasse em palavras. Respirou fundo. Decidiu não ligar para Susana naquele momento.

Teve a impressão de que o banco do carro estava molhado, mas era só o incômodo causado pela frieza do couro do assento. Devia comprar um Volvo prateado, cujos bancos esquentam e protegem contra o frio no inverno da Suécia e contra a angústia na maior e mais descontrolada cidade do Brasil. Não olhou para o motorista. Encolheu-se no banco de trás e esperou chegar em casa, deixando viadutos e pontes passarem por ele.

Nenhum cachorro veio à garagem saudá-lo. Durante os próximos doze dias, enquanto durasse o cio de Belinha, os cães só saudariam um ao outro. Abriu o portão e cruzou o jardim pisando firme sobre as pedras do caminho até a casa. Ao mesmo tempo, calculava mentalmente o que teria de levar para a clínica. Antes de entrar em casa pela porta da cozinha, avistou os dois cachorros ao fundo, perto da piscina, cansados, entretidos, lambendo os próprios genitais. Ao entrar na cozinha, sentiu-se bem. Foi acolhido pelo bafo úmido dos aromas do que Orlanda preparava. O cheiro de alho frito estalando na frigideira, a voz do locutor de rádio conversando com os pensamentos da empregada e a água da torneira gorgolejando através do ralo de aço inoxidável davam a Matias a impressão de que o cosmos e a harmonia, equilibrados, existiam.

Teve vontade de sentar-se e ficar observando Orlanda naquela coreografia de cozinheira: passinho para lá, passinho para cá; estica o braço, levanta a cabeça, faz que se vira, recomeça...

Ali, a figura de Orlanda parecia insólita. Não tinha o costume de observá-la, como fazia naquele momento. Sabia que ela existia. Pagava seu salário. Mas nunca prestou atenção nela. Orlanda sempre foi invisível para ele. Aquela observação que ele fazia ao entrar na cozinha, rápida e contaminada por sua doença, talvez fosse a segunda ou a terceira depois da primeira, quando o novo patrão observou a nova empregada, muitos anos atrás.

Orlanda vivia em um dos quartos de empregada da casa. Folgava uma vez por semana, em geral aos domingos. Tinha a própria televisão e um banheiro com aquecedor a gás. Sobre a cama, uma Minnie Mouse de pelúcia que

Juliana lhe trouxera da Disneylândia. A janela era pequena, e o quarto não recebia muita luz, sobretudo no inverno, em julho, quando a família saía em férias e ela ficava sozinha cuidando da casa.

Orlanda era viúva, mas não comentava o assunto com os patrões. Na família, só falava de seu marido morto às crianças. Na memória de Juliana, que agora vivia em Paris, continuava bem marcada a imagem de Orlanda, descontrolada, gritando pela casa, no dia em que soube da morte do marido. "Ele morreu, ele morreu!", repetia, sentada, chorando, uivando, batendo de leve a testa no tampo da mesa da cozinha. Durante as semanas seguintes à viuvez, antes de colocar as crianças na cama, Orlanda responderia a qualquer de suas perguntas sobre a vida de Geraldo, o marido, a quem conheceu recém-chegada a São Paulo.

Orlanda não escondeu das crianças que Geraldo gostava de beber ou que ele, bêbado, podia ser violento ou carinhoso, dependendo do dia. Era pedreiro — "construía casas, com tijolos e cimento" — e, aos olhos das crianças, transformava-se imediatamente em homem bom.

O que Orlanda nunca mencionou era a falta imensa que ele lhe fazia e a saudade profunda que sentia do corpo e do cheiro dele. Tampouco jamais comentou a mágoa deixada pelo inesperado da morte dele, em outra cidade bem longe de São Paulo, onde, parece, ele tinha uma amante.

Começou a trabalhar com os Grappeggia antes de Juliana nascer. Gostou da casa desde o começo. Susana a tratava bem, mas sem intimidade, como ela, Orlanda, gostava de ser tratada.

Matias, por sua vez, intimidava-se diante da empregada. A presença de Orlanda despertava nele um leve sentimento de culpa pelas injustiças sociais do Brasil. Mas sempre gostou dela — ou da ideia de que ela existisse, porque, de fato, os dois pouco conviviam. Patrão e empregada jamais ultrapassaram, na percepção um do outro, os limites de suas respectivas funções. Ela cozinha, ele aprecia a cozinha dela; ele suja a roupa, ela lava e passa. Ela é eficiente; ele, generoso. Quando Susana viaja, ele passa a noite fora em aventuras extraconjugais. Ela parece não se dar conta. Poderiam ser cúmplices.

Vivia com Orlanda havia quase o mesmo tempo que com Susana. Um bom casamento, o de Orlanda e Matias. Haviam superado a crise dos sete anos sem notar. Era como se Matias houvesse histerectomizado Orlanda e, na corrente sanguínea dela, já não corressem mais hormônios femininos.

Por quatro segundos sentiu uma agradável intumescência no pênis.

Tirou das gavetas uma cueca, um par de meias e uma camisa polo azul. No armário sob a pia, guardava uma bolsinha para viagens com coisas de banheiro. De volta ao quarto, lembrou-se de pegar um pijama.

Ao secar-se, teve o impulso de deixar para a mulher um recado no espelho do banheiro escrito com o lápis — contorno de lábios? delineador? — que ela havia esquecido sobre a bancada da pia. No entanto, conteve-se e escreveu o bilhete para Susana com esferográfica preta em uma folha de papel pautada que encontrou na gaveta da mesa de cabeceira.

Su,

O Henrique pediu uns exames para o meu check-up e eu vou passar a noite na clínica. Volto amanhã de manhã. Não se preocupe, não é nada sério. Beijo, M.

Deixou o papel dobrado sobre o travesseiro, no lado dela da cama.

A superficialidade do bilhete era a tradução desejada por Matias para a sua apreensão. Fazia o bilhete simples porque queria acreditar que sua situação fosse simples. Tentava compor a própria vida. Pintava um quadro e se recriava dentro da tela, como se fosse um artista. No caso, um artista minimalista.

Transformou a sacola que tinha em mente numa mala pequena e se perguntou se não deveria levar bagagem maior para essa viagem sem volta que faria. Saiu de casa pouco depois das três da tarde.

Não se despediu de Orlanda. Não ligou para os cães sonolentos na soleira da porta da cozinha. Resolveu ir dirigindo e entrou no carro de bancos molhados. Decidiu, naquele momento, que, assim que saísse do hospital, compraria um Volvo prateado.

No caminho para a clínica, a cidade parecia ter a beleza de uma mulher neurótica, insegura, que se esforça para mostrar qualidades além da beleza. A consciência do patinho feio de que nunca chegará a ser cisne, a despeito do que diga a lenda.

Deu seta e foi indo para a direita. Mudou de faixa, saiu da avenida e entrou no acesso que o levaria à cura.

A clínica de Henrique ficava em uma avenida movimentada, no mesmo terreno em que, no passado, existia um palacete branco cercado de jardins de que Matias ainda se lembrava. Agora não havia mais jardins nem palacete. Jamais se poderia imaginar que uma residência tivesse algum dia ocupado aquele espaço.

Deixou o carro no estacionamento para clientes, imaginando que a vaga em que havia parado talvez coincidisse com o espaço ocupado pelos quartos de empregada do palacete demolido. A senhora de cabelos brancos que, antes dele, entrara pelas portas automáticas de vidro, no passado poderia ser uma tia que visitava uma sobrinha, ou algo assim. Hoje, era a doença que a trazia àquele prédio moderno.

Aos olhos de Matias, aquela clínica especializadíssima, reputadíssima, que substituíra a residência de uma família, recordava as clínicas que ele vira em filmes de ficção científica: grande prédio isolado, laboratório de armas biológicas, cercado de sigilo.

Por prudência, estacionara o carro à sombra. Não sabia, afinal, quanto tempo ficaria internado. O dr. Henrique havia dito que seria só um pernoite. Mas ele sabia que, às vezes, Henrique mentia.

"Bom dia."

"Bom dia."

"Meu nome é Matias Grappeggia. Sou paciente do dr. Henrique Brandão. Tenho uns exames marcados."

"O senhor podia me dizer o seu CPF?"

"É 30989728316."

"Matias Grappeggia, né? É uma tomografia computadorizada de crânio e um eletroencefalograma qualificado, né?", perguntou a atendente, estendendo-lhe um formulário de papel fino e uma esferográfica idêntica à que ele usara no bilhete para Susana.

"O senhor confere o seu nome e os seus dados e assina, por favor."

Leu o nome MARIA DO SOCORRO no crachá da atendente e pensou: *Bom augúrio.*

"O senhor pode esperar ali naquela sala, por favor?"

Matias passou à sala ao lado, na qual outros pacientes aguardavam suas consultas. Eram quatro da tarde, e as pessoas pareciam todas recém-saídas do banho. A senhora de cabelos brancos que entrara antes dele também estava lá, à espera. Uma mulher mais nova segurava a mão dela. Os raios de sol da tarde invadiam as persianas e formavam poças de luz no chão brilhante.

Matias pegou uma revista da mesa de canto, mas não teve nem tempo de folheá-la direito. Em poucos minutos, uma enfermeira surgiu à porta da sala de espera e chamou seu nome, sem conseguir pronunciá-lo direito. Matias se aproximou dela.

"O senhor me acompanha, por favor?"

Não trocaram palavra no elevador. Ambos mantiveram a cabeça levemente baixa, para evitar contato visual.

No segundo andar, Matias seguiu a enfermeira por um corredor asséptico, no qual um homem abatido era empurrado em uma cadeira de rodas. Cruzaram uma porta dupla, com duas aberturas redondas, como escotilhas.

"O dr. Henrique disse que o senhor vai pernoitar hoje aqui, não é?"

"Isso mesmo, falou."

"É melhor que o senhor troque de roupa no seu quarto. É bom que o senhor já guarda suas coisas no armário."

Ao entrarem no quarto, Matias perguntou seu nome.

"Anunciação", respondeu.

"Anunciação?"

"É, Maria da Anunciação."

Disse seu nome e saiu para dar privacidade ao paciente e continuidade ao trabalho.

Matias, de cueca branca sob o avental verde-claro, sentou-se na cama. *Tão melhor se nada disso estivesse acontecendo*, pensou. Trazia no pulso uma pulseira cor de abóbora com seu nome e um código de barras.

Em outra sala, a operadora do tomógrafo o cumprimentou com a cabeça, mas não trocaram olhares. Pediu que ele tirasse a aliança e que se deitasse numa maca acoplada ao tomógrafo, uma máquina branca, que ele achou parecida com uma cápsula espacial.

Sentiu um começo de claustrofobia ao ser engolido naquela cama estranha. De olhos fechados, respirou fundo para se acalmar. Tentou transportar-se para algum lugar longe dali, pensando em uma praia ampla, num dia de sol, com o horizonte desimpedido.

Sons. Guinchos. Um leve tremor. Navalhas de luz coloridas rabiscavam sua cara, cortavam seus olhos fechados. Sentia-se na descida mais íngreme da montanha-russa. Não bastava fechar os olhos: tinha também de prender a respiração.

Mesmo os piores passeios de montanha-russa têm vida efêmera. Seu carrinho enfim estacionara, e Matias se dava conta de que os cortes de laser em seu rosto não lhe haviam tirado sangue. Seu coração batia forte, mas todo o sangue se mantinha contido no sistema circulatório, entre as quatro paredes curvas de seu corpo.

Matias sentiu passos em sua direção. Anunciação resgatou-o das entranhas daquela máquina, mas não percebeu os olhos assustados do paciente. Não notou nada de diferente em Matias, nenhum detalhe, nenhuma particularidade. Notou apenas um corpo do sexo masculino sobre a mesa do aparelho de tomografia, instrumento de trabalho que teria de estar vago para o próximo passageiro da montanha-russa.

Depois de iniciar mecanicamente a substituição de pacientes, puxando Matias para fora do tomógrafo, virou-se e foi procurar o carrinho que removeria de sua mesa de trabalho aqueles oitenta quilos de tarefa já executada.

Matias permanecia quieto, contando, concentrado, as batidas do próprio coração, sentindo o fluxo do sangue percorrer todo o corpo. A montanha-russa de hemácias, plaquetas e plasma ainda não havia terminado. O percurso deles era muito mais longo e só acabaria quando acabasse a vida.

Criança, teve sensação semelhante quando se perdeu da mãe numa feira livre. Devia ter uns cinco, seis anos, porque estava aprendendo a ler. Deixou-se desorientar pelos cheiros e pelos cartazes em caligrafia ruim, que tentava decifrar. Tomate e banana eram fáceis de ler. Espinafre e berinjela eram difíceis. Em volta, pessoas e cores aos berros, vários meninos como ele.

"Mãe?"

A mãe não estava mais lá. Perderam-se. Matias tentava manter o controle. Não queria acreditar que estava perdido. Seu coração de menino batia disparado. Apertava os olhos, procurando a blusa verde que ela vestia, tentando reverter a situação.

Alfaces. Mãe, não. Contraiu a boca e engoliu em seco. Seus olhos afrouxaram, umedecidos pelas lágrimas que ele tentava reter. Seu olhar, projetado na distância, retrocedia para perto, para o imediato. Sua mãe não estava em volta. Matias estava sozinho.

Esgotado, baixou a cabeça e encostou-se na quina de uma barraca de pimentões. Ainda tentando controlar o medo, respirou. Concentrou-se, apoiado na barraca, invadido pelo cheiro dos pimentões. Não conseguiu mais conter as lágrimas. Chorou muito, profundamente. Estava só. Entendeu que a vida, como ele a conhecia, podia ter fim.

Agora, na cama de clínica particular, vinha-lhe aquela mesma sensação, recuperada na memória infantil. Um sentimento já diluído por desenganos e decepções amorosas acumulados nos anos que vieram depois que aprendera a ler. Durante todos esses anos, o cheiro de pimentão lhe deu náuseas. Respirou fundo e expirou.

Em sua clínica, Henrique parecia outra pessoa. Sua desenvoltura lembrava a de um jogador de futebol à espera de um passe. Andava rápido. Olhava para todos os lados. Raramente acompanhava pacientes, mas Matias Grappeggia, seu amigo, merecia atenção pessoal. Já tinha o número do quarto no prontuário que uma enfermeira lhe entregara. Matias Grappeggia era a última tarefa do dia. "Matias Grappeggia? Diga a ele que já estou passando para ver como ele está, sim?"

"E aí, meu chapa, estão te tratando bem?"

"Tudo bem, mas ainda falta o eletroencefalograma. Só fiz a tomografia até agora. Demorou pra burro..."

Matias começaria a desfilar um rosário de queixas, mas o médico, experiente, não quis ver o amigo transformar-se em paciente típico.

Matias nem sequer se preocupou em retribuir o sorriso de Henrique.

Maldita hora em que resolvi comer aquela mulher, pensou. A lógica era meio esquizofrênica, mas Matias associava o encontro com a garota à sua própria mortalidade, que, a contragosto, tinha agora de confrontar.

É, Matias, as coisas acabam. Tudo acaba. Você mesmo vai acabar. O grande limite, Matias, é este: as coisas acabam. Tudo acaba igual. Não vai sobrar nada quando você morrer. Naquele momento, em frente ao médico, era o que passava pela cabeça de Matias.

Henrique foi cauteloso. Ainda pensou em tentar animá--lo, mas não queria afastar possibilidades que poderiam se confirmar quando tivesse o resultado dos exames. Matias, sentado em sua cama, não viu nenhuma expressão no rosto de Henrique, mas ele, dr. Henrique, de roupa branca, naquele ambiente branco, devia por obrigação manter o coração sério, quase compungido.

Ao fim de poucos minutos de angústia invisível, Henrique entendeu que já não cabia no quarto. Resolveu deixar o medo de Matias expandir-se, na esperança de que, assim, ele se dissipasse, fosse embora. Disse a despedida superficial que Matias queria ouvir, convenceu-se de que estava fazendo a coisa certa e saiu, em direção a outros pacientes menos pálidos. Queria cor. Tinha vontade de ver sangue.

Henrique havia deixado a porta do quarto entreaberta. Deitado, Matias acompanhava o movimento no corredor. Não chegou a se interessar pelo que a fresta da porta permitia adivinhar: algumas vozes, pessoas passando, aventais brancos e toucas azuis que lhe apareciam como fantasmas.

Pouco depois, as formas e vozes da porta foram substituídas por cheiros. O primeiro cheiro que sentiu foi o do antisséptico com que desinfetavam o chão. Em seguida, o cheiro do látex das luvas cirúrgicas e das borrachinhas de garrote. Por fim, o cheiro empoeirado de comprimidos de calmante. Matias havia adormecido, e o último cheiro que sentiu foi o perfume das rosas e da umidade do mercado de flores que visitara antes de despertar no hotel.

Pouco depois das cinco da tarde, presa no trânsito da Nove de Julho, Susana sente falta dos filhos. Sente falta dos dois, barulhentos no banco de trás do carro, sujos das brincadeiras da escola. Naquela hora, sentia falta de buscá--los na escola, enfrentando sua via-crúcis diária no trânsito engarrafado da cidade.

Parada entre dois táxis, ouvia Elis Regina no rádio do carro. Sentiu vontade de falar com a filha. Tirou o telefone celular da bolsa.

"Juju?"

"Oi, mãe", respondeu com voz rouca.

"Você está resfriada, minha filha?"

"Não, mãe… Estava dormindo. O dia foi supercansativo, comecei a ler na cama e acabei caindo no sono."

"Tudo bem?"

"Tudo."

"Tô ligando do carro só porque fiquei com saudade."

"Eu também estou com saudade. Você sabe se o papai já comprou minha passagem para o Brasil?"

"Não sei. Ele falou disso outro dia, mas não sei se já comprou. Ligue para a Adriana que ela deve saber."

"Fala com ele para não marcar a data sem falar comigo, porque o Zadig e eu vamos para Veneza na primeira semana das férias, e se ele marcar a passagem numa data impossível, depois para remarcar tem de pagar multa."

"O que é que vocês vão fazer em Veneza?"

"A gente nunca esteve em Veneza juntos e outro dia vimos um filme lindo que se passava lá..."

"E com que dinheiro vocês vão?"

"A gente tem milhas da Air France, e o Zadig tem uns amigos da faculdade que têm um apartamento lá. Vai ser mais barato do que ficar aqui em Paris. Não se preocupe que eu vou para o Brasil. Não precisa ficar com ciúmes. Parece o papai..."

"Estou ligando do celular. Este telefonema vai sair caríssimo", afetou, sem ter mais o que dizer. "Depois eu ligo de casa, beijinho." E desligou antes que a filha pudesse despedir-se. O trânsito havia voltado a fluir.

Trocou Elis Regina por um cd de Piazzolla que o professor de bridge havia recomendado, mas o som das flautas e do bandoneon, de repente, pareceu-lhe triste demais. Imaginou-se uma atriz, dirigida por um italiano de óculos escuros e sapatos havana em um filme europeu. Como personagem, se enxergava profunda, feminina, sensível, inteligente, fadada ao sucesso, perfumada, sensata e solitária, sem se dar conta de que a fala de sua personagem seria de fato um monólogo eterno, masturbatório, esgotador.

Quando apontou o carro para o portão de casa, os cachorros se assustaram. Joca demorou um pouco mais para se mover, e o pênis inchado e vermelho do cachorro chamou a atenção de Susana. Sentiu um impulso de curiosidade que imediatamente reprimiu.

Ao sair do carro, segurando firme a alça da bolsa, disse ao jardineiro que lhe abrira o portão:

"Seu Maurício, será que o senhor podia prender esses cachorros?"

Entrou pela porta da cozinha, que era a mais próxima para quem vinha da garagem. De resto, tinha a obrigação de verificar o andamento do jantar e receber os recados que as empregadas teriam anotado. Para a autoimagem de Susana, a cozinha era a entrada mais gratificante da casa.

"Algum recado, Orlanda?"

"Não, dona Susana. Só o tintureiro que ligou para dizer que não conseguiu tirar a mancha da sua calça bege."

Susana não reagiu.

"Alguém mais ligou?"

"Não, ninguém."

"O Matias já chegou?"

"Não, ainda não."

Susana saiu da cozinha sem nenhuma outra pergunta. Não precisava preocupar-se com o jantar. Foi tomar um banho. Tinha fome.

No caminho para o quarto, subindo as escadas, voltou a pensar em Juju e em Veneza. Naquela hora, porém, a vontade do banho era mais forte que qualquer pensamento. Queria sentir-se quente e limpa, como seu personagem de alma cansada merecia.

Foi direto para o banheiro, ligou o chuveiro e deixou a água quente correr. Enquanto fazia xixi, sentia o ar esquentar. Nua, gostava que o vapor umedecesse sua pele antes de entrar no banho. Decidiu tomar banho de banheira: ainda estava cansada por causa da diferença de fuso horário e não queria que nada, nem mesmo a água morna do chuveiro, se chocasse contra seu corpo.

Da privada mesmo, esticou o braço, e transferiu a saída da torneira para a banheira. Tapou o ralo e, com o dorso da mão, agitou a água morna.

Susana sentou-se na banheira, abraçou as pernas flexionadas e apoiou a testa contra os joelhos. Levantou a cabeça, pegou o frasco de Badedas e o virou aberto sobre a água. Deixou que o líquido verde caísse em profusão perto da torneira, formando bolhas grandes de espuma. Um cheiro forte de eucalipto a invadiu. Susana, rendida, fechou os olhos, respirou fundo e submergiu para não pensar em nada.

Quando a água na banheira começou a esfriar e já não se sentia mais o perfume do eucalipto, lembrou-se da mãe, para quem não havia nada de mais anti-higiênico do que banhos de imersão. A ideia de que sujeiras e fluidos corporais se misturavam naquela água, contaminando toda a superfície de seu corpo, deu-lhe asco. Levantou-se rapidamente e, com a água um palmo abaixo dos joelhos, ligou o chuveiro: havia decidido lavar o cabelo.

No espelho, seu reflexo de roupão branco, com a toalha branca enrolada na cabeça, a fez pensar numa velha propaganda de sabonete de seus tempos de adolescência. Persuadida por comentários generosos que lhe fizeram muitos anos antes, continuava a se achar parecida com Michelle Pfeiffer no anúncio de televisão.

Imaginava-se como o futuro daquela atriz jovem, segurando um sabonete branco.

"Você também vai ter rugas no pescoço como eu, viu?", disse. Seus olhos não piscaram enquanto encarava seu reflexo no espelho. O olhar de Susana era bonito, mas também era difícil de encontrar.

Abriu a porta do banheiro e passou para o quarto. A caminho da cômoda onde guardava calcinhas, viu o bilhete de Matias dobrado sobre seu lado da cama. Ficou imediatamente feliz. Esperava que ele chegasse perto das sete, como sempre.

Pensou que o comportamento insólito de Matias na noite anterior lhe rendera um bilhetinho romântico, de amor, como os que ele escrevia no começo do casamento. A lembrança da noite passada veio acompanhada de um único latejamento na vulva.

Pegou o bilhete com um sorriso nos lábios. Não tinha dúvidas no coração.

A princípio, não entendeu a mensagem. Só depois de alguns segundos é que as palavras de Matias fizeram sentido. Não esperava aquilo. Releu o bilhete. Apesar do aparente carinho, não havia romance. O que Susana tinha nas mãos era o atestado médico que ele apresentava.

De pé, enrolada na toalha, com um joelho sobre a cama, ligou para o celular de Matias, que estava desligado.

Em seguida, ligou para o escritório do marido.

"Adriana, aqui é Susana Grappeggia, como vai? Escuta, você teria o número da clínica do dr. Henrique? Não? Você poderia averiguar e me ligar, por favor? Estou precisando falar com o Matias e não estou conseguindo."

Ao procurar o número da clínica, Adriana tentava não

levar em consideração o tom imperativo que Susana sempre utilizava quando conversava com ela.

Ela encontrou, Susana agradeceu e desligou sem se despedir.

Com raiva, mas preocupada, procurava o que vestir no armário. Assim que acabasse de se aprontar, ligaria para a clínica. A propaganda de sabonete continuava em sua cabeça. Era noite, mas quis vestir roupa clara e escolheu uma camisa de algodão branca.

A primeira inclinação de uma pessoa insegura é responsabilizar-se pelo que quer que lhe aconteça de ruim ou desagradável. A culpa nunca é do outro. A culpa pode — deve — ser minha. O inseguro julga-se culpado por sua própria miséria. Susana não era exceção e tentava entender por que Matias não falara com ela.

Matias não a avisara de sua internação porque talvez seu celular estivesse fora de área. Quem sabe Orlanda ou Janice tivessem esquecido de lhe dar o recado? Talvez ele tivesse dito algo na noite anterior, sem que ela tivesse registrado. Podia ser que Matias tivesse, lá no fundinho do coração, a intenção de avisá-la, mas lhe faltara memória para fazê-lo.

Pela voz que a atendeu na clínica, ela soube que Matias Grappeggia, "do quarto 18", estava se preparando para um exame e não podia atendê-la agora. "Não se preocupe que eu passarei o recado. Qual é o nome da senhora mesmo?"

Matias nunca retornou a chamada. Mas, ainda que tivesse ligado de volta, Susana não estaria em casa para atendê-lo. Vestida com a camisa branca, entrou no carro verde-escuro e seguiu pelo trânsito pesado de São Paulo até a clínica, onde, queria crer, seu marido estaria fazendo um pequeno exame, "uma coisa menor, desimportante, extirpando uma verruga, colhendo urina, verificando o colesterol".

No fundo, em seu íntimo, Susana sabia que Matias não a avisara por vontade própria. Porque não quisera, simplesmente. Claro que não se esquecera. Óbvio que teria tido tempo de lhe telefonar. Era ele mesmo quem definia a hierarquia de seus atos, de suas vontades.

Susana não queria para si a decepção de não ter sido avisada no primeiro momento, com antecedência até. Por isso, criava subterfúgios. Procurava racionalizar a situação, que era a maneira madura, segundo Matias e de acordo com a autoimagem que ela cultivava, de tratar as inseguranças e as emoções que não conseguia classificar.

Sentia-se traída por suas emoções. O que sentia em relação ao marido e ao casamento não era o que queria sentir, não correspondia ao que uma personagem como ela sentiria.

Mas tinha a consciência de que esse sentimento de frustração, que ela tentava suprimir, era alimentado pelas doses regulares de descaso e desatenção que Matias lhe impunha cotidianamente. Além disso, a falta de interesse sexual dele em relação a ela fazia com que Susana suspeitasse de que o marido tivesse uma amante. Mas não sabia de nada concreto. Resignava-se com seu casamento, seu marido, seu lugar na ordem das coisas, com sua falta de perspectiva. Ainda assim, dentro de si, ouvia uma voz perguntar baixinho:

Para que passar a vida com um homem que demonstra todos os dias que não pertence a você? O futuro é um encadeamento de presentes. Matias não lhe pertence hoje e não lhe pertencerá nunca. Para quê? Por quê?

Uma vez, sua irmã mais nova, Delfina, lhe disse que as pessoas tinham de saber que ela, Delfina, era lésbica para que pudesse se sentir amada. Tinham de amá-la como era. Para tanto, precisavam conhecer o objeto de seu amor, e amar o que ele é, da maneira como ele é. Ali, Susana entendia a explicação da irmã. O bilhete de Matias era a indicação de que, talvez, ela fosse incapaz de amar o que ele era, da maneira como era.

Dirigiu até a clínica e, ao entrar no estacionamento, identificou o carro do marido. Parou na vaga ao lado, para que os dois carros, o verde e o preto, lado a lado, também formassem um casal. Já à porta da clínica, olhou para os carros e percebeu que as cores dos dois carros não combinavam muito bem. Voltou a pensar na irmã mais nova.

Foi direto para o elevador sem parar na recepção. Sabia o número do quarto onde estava o marido e seguiu para lá, determinada, como quem supera a vergonha e encara, decidida, a recepcionista do motel onde vai cometer adultério pela primeira vez.

A porta estava semiaberta, e, do corredor, à altura do quarto anterior ao de Matias, ela já notara que havia outra pessoa com o marido. A enfermeira negra, Anunciação, aplicava-lhe um último eletrodo na cabeça. Nenhum dos dois, nem Matias nem Anunciação, pareceu surpreso com a invasão do quarto por aquela mulher de camisa branca.

Ao contrário, era como se estivessem esperando por ela. Talvez o telefonema não respondido de alguns minutos atrás ou o costume dos cônjuges de se visitarem em hospitais tornassem a presença de Susana previsível, pelo menos para Anunciação.

Susana, intimidada, apreensiva, batera à porta, abrindo-a devagar — mulheres como ela procuram respeitar a individualidade do marido. Ao mesmo tempo, queria compreender o ambiente circundante e deduzir, a partir dos elementos que pudesse colher, de que mal seu marido padecia.

Seus olhares se encontraram. Matias, sem graça, com os eletrodos na cabeça, baixou os olhos e procurou um paraquedas de emergência, uma desculpa. O máximo que conseguiu dar a Susana foi um sorriso apagado, em tom convencional.

Uma vez mais, Matias preferiu ignorar a falta de conexão. Quantas doses de uísque falsificado já havia bebido sem reclamar? A constatação de que a vida com Susana era apenas convencional o incomodava um pouco. Mas para que pensar nisso?

"Você está bem?", Susana perguntou baixinho, quase sussurrando, não querendo revelar à outra mulher no quarto a ignorância sobre o próprio marido.

"Tá tudo bem. É só um exame de rotina. Você sabe como é o Henrique. Eu tinha resolvido fazer um check-up, mas, antes, falei pra ele que de vez em quando tinha dores de cabeça — lembra que tinha me queixado? — e aí ele me veio com esse aparato todo."

Anunciação percebeu que o quarto se tornara pequeno demais para os três. Começava ali uma história em que ela não tinha papel a desempenhar. Precisava, no entanto, certificar-se de que os fios de todas as ventosas estavam conectados ao monitor. Deteve-se, calada, com o olhar fixo na máquina que se ligava a Matias.

Com os dois a sós, Matias baixou a cabeça, fingindo amarrar o avental que vestia enquanto Susana, também olhando para o chão, tentava medir a distância enorme que a separava do marido.

"O que foi que aconteceu, Matias?"

Matias ouvia Susana, mas não queria responder. Não tinha resposta. Ignorava o que acontecia com ele. Foi só quando o silêncio começou a ficar constrangedor que ele levantou a cabeça e falou:

"Tenho tido umas dores de cabeça. Você lembra que eu havia comentado? Tá tudo bem. Queria fazer esses exames logo. Achei melhor ficar aqui sozinho."

"Você não quer que eu fique com você esta noite?"

"Não, Susana. Prefiro ficar sozinho. De verdade."

Não queria que Susana o viesse visitar. Mas é compreensível que a mulher vá visitar o marido doente no hospital, mesmo que ele não queira a visita, porque se perde muita privacidade nos anos de um casamento. É da natureza da coisa.

Susana seguia calada. Ela gostaria de ficar na clínica até que o marido recebesse alta. Ficaria com Matias, em vigília ao lado da cama, que é o que as pessoas casadas fazem com seus cônjuges.

A presença de Susana o incomodava. No minuto em que ela entrou no quarto, Matias sentira algo ruim no coração. Aquele tom de preocupação, aquele olhar de cima para baixo, o tom de quem julga saber mais e pede ponderação, tudo ali chegava a ele como desrespeito, como abuso. Susana não disse nada. Percebeu que, se começasse a falar, não conteria as lágrimas. Matias não lhe dera alternativa a não ser sair do quarto e deixá-lo só, como ele queria. Susana aproximou-se da cama, tomou a mão de Matias na sua. Deu-lhe um beijo na testa e respirou fundo antes de sair de vez.

Matias, preso aos eletrodos, fitava o verde de seu avental. Tinha dúvidas demais. Não queria ouvir Susana. Sentia raiva da mulher, que violava sua necessidade de isolamento. A saída de Susana o aliviou. A volta de Anunciação e da possibilidade de cura o aliviava ainda mais. Pelas próximas horas, Susana deixaria de existir.

As dúvidas de Susana eram só dela. A vida de Susana era toda dela. Susana era egoísta — lembra-se, Matias, de como ela sempre quis que os meninos gostassem mais dela do que de você? Não vou pensar em Susana. Susana não existe. Susana acabou.

Foi esse o último pensamento de Matias antes de divorciar-se mentalmente de Susana e abraçar-se às conquistas da medicina. Anunciação verificou os eletrodos uma última vez e o deixou sozinho no quarto com o aparelho de eletroencefalograma. Matias parecia calmo, mas estar ali, só, já quase na hora de dormir, tendo discutido com a mulher, era um pouco insólito e desconcertante para ele.

Estava cansado. Queria que aquela noite passasse rapidamente e que a manhã voltasse o quanto antes com um dia inteiro pela frente. O melhor era adormecer logo. Anunciação lhe dera um tranquilizante para ajudá-lo a dormir. Em breve, sentiria sono. Também lhe disse que, a cada hora e meia, alguém da enfermagem iria checar o funcionamento do aparelho. Receberia visitas durante a noite. Para que pudesse ver o rosto dos visitantes noturnos, não apagou a lâmpada-piloto acesa ao lado da mesinha de cabeceira.

Matias ficou ali, em seu quarto, deitado, esperando que a medicina e suas máquinas lessem, nele, o que ele sentia de ruim e que parecia não ter explicação.

Uma luminosidade embaciada tomava o quarto, que diminuía de tamanho. A luz envolvia Matias em silêncio. Instalava-se ali, em volta do homem doente, a paz do quarto de um bebê dormindo. Na tela do monitor, uma luz verde piscava em perseguição a uma luz vermelha que havia piscado antes. Hipnotizado, Matias deixava-se levar pelo barco do sono. Uma canção de ninar soava baixinho.

Silêncio. Seu corpo inteiro começava a dormir. Talvez o sonífero que tomara no hospital fosse ainda mais forte que o que lhe deram no hotel.

A primeira visita da noite, às onze e cinquenta, foi a de um enfermeiro alto, com ar autossuficiente, quase arrogante, e andar efeminado. Matias dormia quando esse visitante abriu a porta e continuou a dormir até que ele se aproximasse para verificar, de maneira impessoal, se todos os eletrodos seguiam funcionando bem.

O enfermeiro acabara de sair do banho, certamente. Mas o perfume de alfazema a que recendia não tinha nada a ver com o despertar de Matias. Talvez houvesse sido apenas o cheiro forte de limpeza hospitalar, aquela assepsia toda sobre o piso branco que acabou por acordá-lo.

Matias acompanhava os movimentos do enfermeiro só com os olhos, movendo nada além dos seis músculos motores de seu globo ocular: reto superior, reto inferior, reto lateral, reto medial, oblíquo superior e oblíquo inferior. Registrava o cuidado e o asseio pessoal que a aparência do enfermeiro revelava. O visitante vestia camisa de mangas curtas. Os músculos fortes de seus braços ressaltavam, tonificados, como se toda aquela limpeza fosse consequência de uma ducha depois de horas de ginástica.

Durante o tempo em que esteve no quarto, o enfermeiro não murmurou palavra. Teria percebido os olhos abertos do paciente movendo-se, observando-o. No entanto, depois de checar que, do ponto de vista mecânico, tudo estava bem, procurou as horas no relógio, virou as costas e deixou Matias sozinho com o suporte dos eletrodos.

O terceiro dia

A segunda visitante da noite, à uma e vinte e oito da manhã, foi uma enfermeira jovem, magra e mal-humorada. Matias notou de imediato seu desleixo: calçava os tênis sem amarrá-los, como se fossem chinelos, arrastando os pés. Chegou com sono, bocejando e amaldiçoando, com o semblante, aquele trabalho que a obrigava a fazer plantões noturnos cinco vezes por semana.

Não havia nascido para ser auxiliar de enfermagem, ela sabia disso, assim como tampouco nascera para ser empregada doméstica, que foi a outra oportunidade apresentada a ela. Era uma profissional resignada, como a maioria dos profissionais, sem nem saber disso. Não esperava prazer do trabalho. Mas, sem notar, cumpria aquele plantão por amor, pelo filho de quatro anos que precisava sustentar. O mau humor que ela aparentava no quarto era, paradoxalmente, a expressão atípica de uma paixão positiva.

Essa segunda visitante nem sequer observou os eletrodos na cabeça de Matias. Satisfez-se com as luzes piscando em ritmo constante no aparelho de eletroencefalograma. Para ela, ritmo era sinal de equilíbrio, e equilíbrio era coisa boa. O paciente tinha de estar bem. Durante essa visita, Matias não acordou.

Quase uma hora depois, Matias reabriu os olhos calmamente. Respirava olhando para o teto, sem saber se estava ansioso ou se o sono havia acabado. Tranquilo, esperava a próxima visita da noite e, com clareza, só via mesmo as duas luzinhas, a verde e a vermelha, piscarem ritmadas. Todo o resto do quarto parecia um pouco deformado, arredondado, sem ângulos, por efeito da penumbra e do sono que ainda não o havia abandonado totalmente.

A terceira visitante só chegou às três e quinze e abriu a porta com mais cuidado que seus antecessores. Distinguia-se deles, também, pela roupa que vestia: um uniforme negro, com gola e avental brancos, como usam as empregadas dos ricos nas novelas de televisão. O traje foi a primeira coisa que chamou a atenção de Matias na terceira visita que recebia naquela noite.

A mulher de uniforme negro entrou no quarto e ficou de pé, no escuro, sem falar nada, como se estivesse esperando um convite ou uma ordem para se aproximar. Olhava Matias, apenas. Na penumbra, parecia-se com Orlanda, e foi só quando ela lhe desejou "Boa noite, dr. Grappeggia" que Matias pôde confirmar sua impressão.

Por mais improvável que pudesse ser, a presença de

Orlanda naquela madrugada não o assustou nem lhe causou surpresa. Mesmo que em alucinação, gostava da ideia de tê-la ali, ao seu lado. Queria que ela estivesse ali. Dava-lhe tranquilidade. Ela sabia de quantas colheres de açúcar ele gostava no café. Não precisava falar com ela se não quisesse. Podia confiar em seu trabalho, em sua assistência. Orlanda sempre o fez feliz.

No quarto, não lhe disse nada. Deixou-a onde estava e ficou esperando para ver o que ela queria, àquela hora da noite. Não era enfermeira. Quando um dos cachorros fugiu e foi atropelado, foi ela quem mais se descontrolou ao ver a fratura exposta na perna do cão à espera da morte. Enfermeira não entra em pânico diante de sangue humano, que dirá de sangue canino, sem alma. Se não era enfermeira, por que aparecia naquele lugar improvável, àquela hora insólita?

Orlanda aproximou-se silenciosamente e sentou-se ao lado da cama, olhando para a frente, compenetrada, com as duas mãos pousadas no colo. Ignorava o ritmo das luzes piscando. Num primeiro instante, Matias chegou a pensar que aquela visão de Orlanda pudesse ser portadora de um recado de Susana, uma espécie de facilitadora nas negociações de paz.

Orlanda, não sei o que você veio fazer aqui. Pode ser qualquer coisa, e eu não quero ficar pensando muito. Você sabe, de repente afeta o resultado do exame que eu estou fazendo. Vê aquelas luzinhas ali?, perguntou mentalmente à empregada.

"Dr. Grappeggia, o senhor me desculpe ter vindo aqui amolar. O senhor sabe que eu não sou de dar amolação a ninguém e, em todos esses anos que trabalhei com o senhor e com a dona Susana, sempre procurei não criar problema nem caso, e olha, o senhor sabe, que a vida da gente não é fácil, não. Eu sei que a vida do senhor também não é fácil, com toda a responsabilidade do trabalho mais a Juliana e o Eduardo fora que dão muita preocupação e despesa. O senhor sabe que a gente se apega às pessoas com quem a gente trabalha, né? Eu pelo menos sou assim, a Juliana e o Eduardo que eu vi nascer são como se fossem dois filhos pra mim, gosto deles que nem gosto do Beto e da Quica, que são sangue do meu sangue. Tenho foto dos quatro na minha carteira e eles são tudo igual pra mim. Vocês me ajudaram muito e ainda me ajudam e, quando minha casa inundou, me emprestaram o dinheiro pra eu comprar tijolo e pagar os pedreiros e poder refazer o muro e consertar a cozinha, e nunca me deixaram pagar de volta. Quando eu fiquei doente dos rins vocês me colocaram em um hospital particular de gente rica onde eu nunca ia poder botar os pés. Vocês me defenderam várias vezes, e a gente que é fraco precisa de defesa nesse mundo. E esse tipo de coisa eu nunca vou poder esquecer. Eu vim aqui sem avisar porque queria dizer isso pro senhor e pedir que diga à dona Susana isso também. Eu quero só o melhor para toda a família Grappeggia, que eu considero minha família também. Às vezes até penso que meu nome deveria ser Orlanda Grappeggia e não Orlanda Reis dos Anjos. Mas o senhor sabe que a gente tem que aceitar onde nasce e ver no que vai dar. O que eu mais quero na vida é que cada um de vocês seja muito feliz, pra sempre. Ainda mais o senhor, que é quem mais precisa de felicidade naquela casa, tem que conseguir ser feliz. Então, amanhã, sábado, eu vou tirar minha folga e queria homenagear o senhor e a dona Susana porque vai ser o batizado da minha neta Andressa, filha da Quica, e a gente vai fazer um baita almoço com tudo do bom e do melhor, porque vocês são gente boa demais e merecem tudo de melhor que eu tenho pra oferecer. Ia ser muito importante pra mim manifestar minha gratidão com esse almoço, que é pouco perto do que eu devo ao senhor. A Quica, que tem a letra linda, escreveu com uma caneta dourada o endereço da gente neste pedaço de papel, que eu vou deixar aqui em cima dessa mesinha para o senhor ver quando acordar. Se o senhor e a dona Susana puderem ir, seria a felicidade completa pra mim. Me desculpe o abuso de ir entrando assim no quarto do senhor e ir interrompendo seu descanso, mas era a única hora que eu tinha pra fazer isso."

Com essa explicação, Orlanda levantou-se, caminhou até a porta, abriu-a com cuidado e saiu. A Matias pareceu-lhe natural aquela visita e aquela fala tão espontâneas de Orlanda no meio da madrugada, mesmo que ela agisse como se ele, Matias, estivesse dormindo. Discursou ao lado de sua cama sentada à cabeceira, olhando sempre para a frente, sem fitar a cara do paciente uma vez sequer.

O monólogo de Orlanda restabeleceu-lhe a paz. Naquele anúncio de paz de espírito, convenceu-se de que o sono já existia, de que já estava ali para aferrar-se. Continuou a dormir profundamente até a manhã seguinte. Se houve outros visitantes depois de Orlanda, não seria Matias a dizer.

Na manhã seguinte, Matias acordou faminto. Teve de esforçar-se muito para lembrar-se de que jantara uma sopinha bem aguada e insossa na noite anterior. Desejava intensamente que lhe trouxessem logo o café da manhã. Mas seu desejo mais forte mesmo era sair daquela clínica o quanto antes, a jato. No entanto, ainda era cedo demais. Tinha que esperar Henrique lhe dar alta.

Engraçado… As luzinhas do eletroencefalograma pararam de piscar. Será que houve algum problema durante a noite? Vigiaram tanto essa máquina na noite passada que é impossível que ela tenha dado algum defeito. Provavelmente, o tempo do exame já acabou e alguém a desligou. Que saco! Que perda de tempo! Tenho duzentas mil coisas para fazer e tenho de ficar aqui, esperando um café da manhã e um amigo que nunca chegam, merda!, pensava Matias.

Cerca de trinta minutos mais tarde, Anunciação, que não dera o ar de sua graça ao longo de toda a noite, surgia empurrando um carrinho com o café da manhã do paciente.

"Bom dia! Como vamos?"

"Você, eu não sei. Eu estou morrendo de fome e de vontade de ir embora."

"O senhor já vai embora, mas a gente ainda tem que desmontar os eletrodos e verificar se os registros da noite estão completos."

"Não dá para a gente ir fazendo isso agora?"

"Dá, sim. Enquanto o senhor vai tomando seu café, eu vou desmontando os eletrodos, tá?"

"Você sabe se o dr. Henrique já chegou à clínica?"

"Chegou, sim. Ele já vai vir pra dar sua alta. Logo deve estar chegando."

Henrique apareceu no momento em que Matias tentava mergulhar um pedaço de pão com manteiga no café com leite.

Matias pensava: *Eu estou habituado a tomar só um iogurte e comer uma fruta, em geral duas fatias de abacaxi, ou a metade de um mamão papaia, mas acho que, a partir de agora, deveria fazer uma refeição mais completa antes de sair para o trabalho. No fundo, no fundo, eu gosto de me empanturrar de manhã. No fundo, no fundo, não quero muito saber o que o Henrique tem para me dizer. Que coisa chata essa história toda. Que azar! Isso é para eu dar mais valor à minha saúde. Tenho de prestar mais atenção. Eu acho que tenho predisposição para derrame. Imagine ficar com um lado paralisado, sem poder falar direito, sem poder andar direito? Dependendo dos outros? Sem poder limpar a própria bunda?*

Naquela manhã, Matias rezou a primeira oração que aprendeu, a única que ainda sabia de cor. *Com Deus me deito, com Deus me levanto, com a Virgem Maria e com o Divino Espírito Santo. Deus me proteja, sempre, sempre. Querido Anjo da Guarda, proteja-me, sempre, sempre.*

"Henrique, você tem alguma pista sobre o que aconteceu comigo?"

Henrique é médico e não falaria nada sem a confirmação técnica de um exame. Claro que ele tem palpites, mas "melhor guardar silêncio até que um exame inequívoco lhe propicie um diagnóstico e autorize a profilaxia indicada", como diria um professor seu na faculdade. Henrique analisará ou arranjará alguém que analise o exame a que seu amigo se submeteu. Depois ligará para Matias e lhe dará o diagnóstico. Enquanto isso, Matias receberá alta, ainda com um pouco de fome, a despeito do café da manhã que tomou. Assim que saiu da clínica, foi ofuscado pela luminosidade da manhã. Era cedo ainda, mas o dia de sol prometia calor.

Antes de tudo, queria dar uma passada no escritório. Não conseguiria fazer grande coisa num sábado de manhã, sabia disso, mas queria ver se, pelo menos, conseguia adiantar alguns assuntos para segunda-feira. Havia um processo que tinha de revisar, e sentia uma culpa terrível ao pensar que poderia haver coisas em sua mesa das quais não tinha conhecimento.

Iria ao escritório, mesmo que rapidamente, e só a decisão de ir já o fazia sentir-se melhor. Gostava de assinar seu nome no registro de entrada do edifício e imaginar que outras pessoas iriam vê-lo e admirariam sua disposição e seu compromisso com o trabalho. Além do mais, Matias não tinha nada para fazer em casa.

Susana ainda deve estar de ovo virado, e eu não estou com nenhuma vontade de discutir ao vivo. Vou ligar do escritório para saber se ela vai na Orlanda comigo. Parado no sinal de trânsito, pensou que não se identificava mais com o carro que tinha. *Vou comprar um Volvo como o desta mulher aí do lado. Bonita mulher. Tem cara de quem muda as marchas no tempo certo. Segura o volante com firmeza, mas empenha energia demais para dirigir. Provavelmente não se envolve emocionalmente com ninguém.* Entre envolvimento emocional, segurança e insegurança, Matias chegou ao escritório. Estacionou no subsolo. Saindo do carro, decidiu que, na segunda-feira, iria à concessionária comprar um Volvo prateado igual ao da mulher parada a seu lado no sinal.

Assinou a folha de registro na portaria e subiu até o décimo nono andar. Abriu a porta, e o que contava para ele estava lá, envolto na claridade que sempre o recebia em seu escritório pela manhã. Olhava a cidade do alto, e o sol lhe chegava antes de chegar ao resto de São Paulo.

Sentou-se de costas para a janela, mas não queria perder a cidade de vista. Trocou de lugar e instalou-se na cadeira do visitante, de onde olhava São Paulo de frente. Ficou ali, lendo o que tinha de ler, levantando regularmente os olhos para verificar a existência de uma cidade a seus pés. Começava assim seu dia, contemplando a nebulosidade matinal daquela cidade. Tinha toda São Paulo para si, em sua sala, até onde podia enxergar.

Quis tomar um café e resolveu ir até a copa. Gostava de andar pelos corredores vazios. Era quando podia observar o escritório fisicamente. Percebia os quadros na parede e a organização de cada funcionário. Olhava para o interior das salas vazias, inundadas de luz. De cada porta aberta saía um cheiro diferente.

Não tinha familiaridade com a máquina de café espresso. Derrubou pó sobre o balcão da pia, mas não se preocupou em limpá-lo. Conseguiu extrair da máquina uma xícara de café, que achou mais saboroso do que o que habitualmente lhe serviam.

Na volta à sua sala, com a xícara na mão, passou em revista a mesa de Adriana, sua secretária. Examinou todas as fotos sobre o tampo de vidro: um cartão-postal do Egito, ela e outros funcionários do escritório num bar, um cocker spaniel preto com um lenço vermelho em volta do pescoço e um salmo 121 das Edições Paulinas.

Pelo que encontrou na mesa de Adriana, Matias a consideraria uma pessoa bem desinteressante. Seria um clone a mais, uma ovelhinha a mais nessa superprodução de "Dollies", todas iguais, que Deus havia criado e que poderiam ser substituídas a qualquer momento por outras ovelhas que soubessem atender o telefone, anotar recados e operar um computador.

Sentado, encarando São Paulo, Matias não conseguia se concentrar na leitura. Não via relação entre o demandante do primeiro parágrafo e o demandado do segundo. Na sua cabeça, não se estabelecia o nexo causal de nada, nem do processo nem de sua própria vida. O mais palpável mesmo era a incerteza, que ele se esforçava para afastar. Porém, as dúvidas que ele afastava abriam um vazio, que não era ocupado por mais nada e permanecia vago. Matias era um buraco cheio de dúvidas.

Mas que dúvidas eram essas? Se Matias estivesse sofrendo de algo grave, não estaria se sentindo bem, fisiologicamente falando, como estava agora. No mais, já estava sob os cuidados de um médico. Não estava desassistido. Fizera uma série de exames laboratoriais. Matias nada tinha a temer do ponto de vista de sua saúde.

O que o incomodava era o fato de não se lembrar da mulher com quem estivera duas noites atrás. Sentia ternura por ela, que era sua companheira e causadora de sua provação. Abraçaram-se. Penetraram-se. Trocaram fluidos corporais. Dormiram juntos, talvez. Ninguém mais caberia naquela experiência, só ela. Imaginava seu corpo, mas não sabia se o mamilo que lhe vinha à cabeça era dela mesmo ou de outra mulher qualquer do passado. Matias ainda estava em seu escritório. A imagem do mamilo lhe provocara uma ereção, que ele displicentemente apalpou.

No final da manhã, tinha ordenado, por prioridade, as tarefas para a segunda-feira. Lembrou-se do almoço e resolveu ligar para Susana.

"Alô, Janice?"

"Dr. Matias?"

"Posso falar com a dona Susana, por favor?"

"A dona Susana não se encontra."

"Você sabe onde ela se encontra?", perguntou, estranhando a escolha do verbo feita por Janice, a passadeira.

"Não sei, não, senhor. Ela disse que tinha um almoço."

"Faz tempo que ela saiu?"

"Faz não, faz uns quinze, vinte minutos só."

"Se ela chegar por aí, diga a ela que eu já fui para o batizado da neta da Orlanda, sim?"

"Batizado da Andressa, neta da Orlanda, né?"

"É, isso mesmo."

"Pode deixar que eu digo."

Na noite anterior, Orlanda havia deixado para Matias um pedaço de papel no qual Quica anotara o endereço da mãe com uma caneta de tinta dourada. Na memória de Matias o papel era branco, pautado, um fragmento de folha de um desses cadernos grandes, universitários. A letra era bonita, certinha, e dava a impressão de que indicaria sem problemas o endereço do outro lado da cidade, na periferia, num mundo que Matias pouco frequentara. Nicoletta, a avó de Matias, sempre acreditara que dourado era a cor em que os anjos escreviam; era a cor em que se desenhava o mapa do paraíso celeste, dado pelos anjos da guarda às almas ainda não totalmente perdidas, com alguma possibilidade de salvação, exatamente como ele se sentia.

BATIZADO DE ANDRESSA

RUA SÃO JOSÉ, 972

(ENTRE A AVENIDA NOSSA SENHORA DOS REMÉDIOS E A RUA ESTADO DE ISRAEL, DEPOIS DA PADARIA BEL-PÃO, SEGUNDA CASA À DIREITA)

VILA BOA ESPERANÇA

Matias havia ido à casa de Orlanda duas vezes, sempre à noite, para deixá-la durante greves de ônibus. Sabia que a Vila Boa Esperança ficava na Zona Leste de São Paulo. Estando na Zona Oeste e sabendo que o norte estava a sua esquerda, intuía a direção em que deveria seguir.

Acho que sei chegar a essa avenida Nossa Senhora dos Remédios. Quando chegar nela, paro num posto de gasolina e pergunto onde fica a rua Estado de Israel, pensou. Antes de sair, tentou mais de uma vez falar com Susana, mas o celular dela não respondeu. Resolveu seguir sozinho para a casa de Orlanda, na Vila Boa Esperança. *A gente se encontra lá,* imaginou.

Nos primeiros anos de casamento, raramente saía sem Susana, a menos que fosse cumprir algum compromisso de trabalho em que ela não coubesse. Mas isso mudou quando as crianças ficaram adolescentes. A vida de Susana e a de Matias foram tomando rumos separados. Ele começou a fazer ginástica. Ela, a ter aulas de bridge.

Naquele período do casamento, Susana parecia distante de tudo. Na época, Matias tinha a impressão de que sua mulher às vezes chorava na cama, depois que apagavam as luzes para dormir. Pensava que o choro abafado de Susana era consequência emocional de um processo hormonal qualquer, menopausa, tensão pré-menstrual, algo que ele não entendia. Não sabia que sua mulher havia se apaixonado e que se excitava sozinha na banheira, pensando nas mãos de seu professor uruguaio.

Foi nessa mesma época que começara a trair Susana regularmente. "Trair" talvez não fosse o melhor termo para descrever o comportamento de Matias em relação à sua mulher. Pelo menos do ponto de vista dele. Assim, cada um por suas próprias razões, foram ambos se acostumando à ausência física um do outro.

"Que dia do mês é hoje?" Essa pergunta, que nos fazemos de forma inconsequente, no caso particular de Matias trazia a consciência de que seu mistério resistia intacto. Continuava sem saber se lhe haviam dado um remédio, não recordava a cara da mulher com quem tinha passado a noite no hotel e ignorava se estava doente, gravemente ou não. Ter passado a noite na clínica, ter feito todos os exames prescritos, ter recebido a visita noturna de Orlanda, estar sentindo-se bem e a caminho de um almoço que, se não no título, pelo menos na intenção o homenageava, nada disso lhe resolvia absolutamente nada. Nenhuma das perguntas que o assaltavam encontrava intenção de responder-se. Matias não se lembra das coisas importantes. Matias perdeu a memória, não é isso?

O que não tem remédio remediado está, pelo menos por enquanto, dentro deste carro, cuja sapiência é tão limitada quanto a de Matias. O carro pode lhe dizer da temperatura exterior e da orientação geográfica que toma, ainda que, para isso, dependa de uma bússola embutida. Ah! O carro também sabe quando não há combustível, quando alguma conexão não lhe convém da melhor maneira e, finalmente, a data e o dia da semana, que brilham verdes no painel. É uma dúvida a menos na enorme lista de Matias.

Talvez fosse demasiado ambicioso esperar que ali, dentro do carro negro, pudesse descobrir igualmente por que, numa data anterior àquela, havia acordado em um hotel, sozinho, cego, surdo, mudo e desmemoriado. Seguiria seu caminho. No rádio do carro, ouvia um bolero que explicava claramente haver desgraças maiores que não saber o que acontecera no passado imediato.

Matias pisou no acelerador, engatou uma marcha mais forte e concentrou-se na história da mulher que queria a luz da lua. *Yo quiero luz de luna, para mi noche triste, para soñar divina, la ilusión que me trajiste...* Não poderia chegar de mãos vazias à casa de Orlanda. O esforço da anfitriã em relação aos convidados era muito maior que o esforço do patrão de parar o carro e procurar um presentinho para levar, algo que simbolizasse agradecimento pelo convite para almoçar. Devia isso a ela. Afinal, Orlanda era quem, sem saber, lhe mostrara que a harmonia plena existia em lugares insuspeitos, como numa cozinha, em frente a um fogão aceso.

Sempre galante, pensou em flores, seu presente mais frequente para mulheres. Orlanda talvez já suspeitasse da obviedade dos buquês. Sua patroa os recebia com frequência. Tal obviedade, porém, não se aplicava a mulheres pobres como ela.

Matias, assim, partindo do que parecia óbvio, chegava ao original: ofereceria flores, sem saber que as flores que presentearia seriam as primeiras da vida de Orlanda, que já intermediara muitas entregas, mas que nunca recebera um buquê em seu nome.

Matias decidiu comprar as flores de Orlanda no mercado do Cemitério do Araçá, o mesmo de uma de suas últimas lembranças do dia anterior. *Quem sabe eu, voltando lá, tenha algum gatilho de memória*, pensou. A missão de presentear Orlanda, que até segundos atrás era integralmente altruísta, contaminava-se agora com seu próprio interesse de querer ver se o regresso ao passado mais distante lhe daria pistas sobre o passado menos distante. Como quando, a caminho da cozinha, alguém se esquece do que ia fazer e volta à sala, onde estava antes, na esperança de que algum móvel ou objeto desencadeie o processo de revelação do futuro, que, de onde já se esteve, é igualmente passado, só que mais recente. Homem é bicho esperto, não dá ponto sem nó.

Matias estacionou e foi obrigado a andar cerca de cinquenta metros para chegar à avenida do mercado e, depois, mais uns vinte até a faixa de pedestres que lhe daria mais segurança contra um atropelamento. Estava com sapatos de camurça, mocassins, muito confortáveis para andar em casa, sobre tábuas corridas ou tapetes persas. Para as calçadas irregulares de São Paulo, porém, não seriam os mais apropriados, já que a sola fina deixava sentir na planta dos pés a dureza agressiva do caminho, em uma espécie de reflexologia sádica.

No mercado, o incômodo dolorido nos pés foi dando lugar ao desconforto menos físico mas não menos material de estar pisando em lama e água suja com sapatos caríssimos. Mas já estava lá e tinha que comprar as flores. Mocassins como aqueles existiam aos montes nas lojas. Desligou-se dos pés, começou a flutuar e esqueceu-se dos sapatos.

Queria percorrer todo o mercado, que circundava em três ruas um dos maiores cemitérios de São Paulo. Com certeza, as almas que desencarnavam, ao subirem para o céu, voando, desprendidas, viam do alto seus corpos apodrecerem envolvidos por uma grande letra "u", colorida e perfumada, feita de flores. Para Matias, o cemitério centralizava o mercado, e talvez aquela quantidade enorme de matéria orgânica se decompondo sob a terra fosse o que permitia o espetáculo daquelas flores todas, que era o que lhe interessava no momento.

Matias percorria o corredor do mercado sem preocupação. Era essa a sua estratégia para recuperar alguma lembrança perdida. Descia tranquilamente um rio cujas margens, esperava ele, fossem a qualquer minuto, entre flores e folhagens, revelar um porto natural.

Barraca atrás de barraca, cores diferentes sucedendo-se, cheiros bons e ruins, uns mais óbvios em sua natureza que outros. Ao fim do "u", sem que nenhum porto natural tivesse se revelado, contentou-se com a barraca que, já entre as últimas da feira, chamou sua atenção.

Nela, uma florista preparava as rosas que iria vender. Primeiro arrancava as pétalas mais exteriores, rejuvenescendo flores quase abertas. Em seguida, alisava os caules, raspando-lhes, com uma faca, as folhas mais baixas, como quem limpa um peixe.

Um ramo de folhas golpeado pela faca da florista caiu sobre a camurça do sapato de Matias, que, à falta de sinal mais claro, acreditou que as folhinhas decepadas queriam lhe dizer alguma coisa.

Aquele toque sobre o peito de seu pé foi o único contato físico acima das solas dos sapatos ocorrido durante sua volta ao mercado de flores. Ninguém o havia percebido. Na verdade, ninguém havia sequer olhado para ele. Matias só se tornaria visível quando seu interesse o levasse a aproximar-se de uma das barracas. Mas ocorre que aquelas cinco folhas de rosa — duas para lá, duas para cá e uma apontada para cima —, ao se distanciarem do ramo em que nasceram, aproximaram um homem e uma mulher. Aquela barraca foi a primeira de que Matias se acercou, e a florista foi a primeira pessoa no mercado que pôde ver Matias passar.

"O que vai ser hoje, freguês?"

Essa frase, assim, forçadamente espontânea, parecia construída para aquele único cliente: início do diálogo que jogou Matias sobre as flores, e as flores sobre Matias.

"O que é que está mais fresco?"

Na experiência de vender buquês destinados ao mármore e ao cumprimento de obrigações com quem não poderá vê-los ou cheirá-los, o elemento primordial era o preço. Se a homenagem de flores já em si apaziguava a culpa do homenageante, que o desencargo saísse pelo menor preço possível. Claro que havia culpas maiores, ou gostos específicos de cadáveres que em vida preferiram hortênsias, e a culpa, então, só se apaziguaria com alguma flor exata.

Pode parecer falta de amor à arte floral. Mas ela tem presente a lógica capitalista da escala: quanto menor o preço, maior o volume das vendas, num ciclo virtuoso interminável, que ela, sem jamais ter estudado economia, intuía muito bem. O que ela oferece ao freguês — e todo freguês é igual, em sapatos de camurça ou sandálias de borracha — são os vasinhos de crisântemos por vinte reais e o buquê de margaridas por vinte e cinco. Tudo pela simples razão de que esses são os mais fáceis de vender.

"Não. Estou pensando em algo mais especial, que encha mais os olhos."

A florista, por hábito, suspirou, ainda que estivesse alegre pela possibilidade de vender algo mais especial e caro. Ofereceu rosas de cabo longo. Referindo-se a elas, poderia falar em panaceia de culpas, se conhecesse a palavra. Pensou, porém, no conceito, que precedia e gerava a palavra, e apontou uma barreira de rosas de várias cores, rejuvenescidas, raspadas, separadas em dúzias, dentro de baldes com água.

"Quanto sai a dúzia?"

"Tem de trinta e cinco, quarenta e cinquenta, que são aquelas ali", disse, apontando para rosas alaranjadas.

Matias quis as rosas alaranjadas. O fato de serem as mais caras — e ainda assim tão baratas — foi o que o fez decidir-se. Tinha lido em algum lugar que, de acordo com a cromoterapia, laranja era a cor da cura. Nem se importava se isso era verdadeiro ou não. Era a cor que ele tinha de ter e de dar. Eram aquelas as rosas que levaria para Orlanda.

"Vou levar três dúzias. A senhora poderia fazer um laço laranja, por favor?"

Erva daninha brotada num jardim japonês: o interesse pelo homem sozinho que, com um sorriso no rosto, comprava três dúzias de suas flores mais bonitas e mais caras.

Estendeu-lhe duas notas de cem reais.

"O senhor não tem trocado?"

"Não, desculpe, só tenho isso", disse-lhe.

* * *

Matias caminhava de volta ao carro, aliviado. Não tivera nenhum lampejo de memória. Nada lhe fora revelado pelo passeio no mercado de flores, mas estava tranquilo, sentia-se em paz. Não sabia se já começava a superar o trauma, ou se este apenas se suavizara por força daquele encontro banal. Isso, porém, não lhe interessava de verdade, e não pensou mais no assunto. Foi andando devagar em direção ao carro, com o grande buquê alaranjado de Orlanda pendendo da mão, apontando para baixo.

Nessa caminhada, as solas finas dos sapatos já não lhe causavam incômodo. Ao contrário, massageavam-lhe os pés, com toques firmes e exatos de homens sábios e cegos. Deixou-se massagear pelas pedras e pelos buracos da calçada. Convencia-se de que os caminhos que nos apresenta Deus são os mais corretos — atingem os pontos corretos — e cumprem sempre uma finalidade, ainda que prosaica, como uma massagem nos pés.

Enquanto Matias se deixava massagear pelas pedras do caminho, Susana chegava ao restaurante em que almoçaria com suas duas irmãs.

As três eram muito unidas. Tinham rotinas diferentes e moravam em pontos distantes da cidade, mas davam um jeito de se encontrar se uma delas pedisse. Faziam isso irregularmente, e os encontros ocorriam como reuniões de emergência, convocadas pela irmã que precisasse de conselhos e cumplicidade. A reunião de hoje havia sido pedida por Susana, a primogênita, na noite anterior, depois que estivera na clínica com Matias.

Nunca houve pudor entre elas. Cresceram tomando banho juntas e dormindo na mesma cama. No restaurante, desvelariam intimidades profundas de um mundo particular, com valores e leis próprios, definidos pela vida em comum das três irmãs.

Rute, a do meio, era linguista. Dava aulas em uma universidade em Campinas e passava a maior parte do tempo fora de São Paulo. Casara-se jovem, contra a vontade dos pais, com um colega da faculdade. O casamento durou quatro anos. Gostava de ir de ônibus para o trabalho e, numa dessas viagens a Campinas, conhecera o atual namorado, um viúvo, engenheiro aeronáutico. Estavam juntos havia quase um ano e ela se surpreendia com o poder regenerativo do sexo.

Delfina, a irmã caçula, era advogada em um grande escritório. Dedicava-se quase inteiramente ao trabalho. Criança, sentia atração por meninas, mas só na faculdade criou coragem para beijar outra mulher na boca. Entendeu que era lésbica numa viagem a Campos do Jordão, com uma amiga que conhecera nas aulas de introdução à metodologia científica. Nunca teve nenhuma experiência íntima com o sexo oposto. Tivera só uma namorada e seguia solteira.

Viviam em planetas diferentes, as três. No entanto, tinham uma aliança essencial, inabalável. Os pais já haviam morrido, e elas só tinham a si mesmas. Nesses encontros de irmãs, falavam em geral de algum drama, em curso ou antecipado, que uma delas estivesse enfrentando. Raramente o assunto dizia respeito a alegria ou satisfação. Sempre havia elementos de ironia, ou de raiva, ou de ódio, ou de algum outro sentimento complexo. Susana desiludia-se do amor. Rute redescobria-o. Delfina continuava sem conhecê-lo. A crise da vez era de Susana. Mas Rute e Delfina também poderiam desfilar crises e problemas quem sabe tão ou mais dramáticos que os dela. Nunca se sabe. Na vida de Susana e suas irmãs, esse exercício de catarse havia sido incorporado. Discutiam, e Susana, que se considerava a mais madura, se identificava com a personagem de Mia Farrow no filme de Woody Allen.

"Desculpem o atraso. O salão estava cheiíssimo. Ah! Sabe quem eu encontrei por lá? A Luciana, filha da dona Deolinda, se lembram? Aquela que se casou com um advogado carioca? Mora em Nova York, está aqui de férias. Parece que está superbem."

"Nossa! Há quanto tempo eu não ouvia falar da dona Deolinda. Como ela está? A tia Alba comentou que ela teve um derrame."

"Acho que está bem. A Luciana não me falou nada de derrame quando eu perguntei como ela ia. Deve estar bem."

"Ou não quis falar no assunto."

"Ai, que calor! O que vocês estão bebendo? Eu estou morrendo de sede."

"O que vocês estão pensando em comer?"

"Eu vou comer a salada de pupunha."

"Eu também."

"Para mim, o picadinho, por favor."

"Vocês acreditam que ontem o Matias marcou uns exames para um check-up com o Henrique Brandão, passou a noite toda na clínica dele, e não falou nada, só deixou um bilhete? Não tenho nem ideia do que se trata, do que ele pode ter. Uns dois dias atrás, ele tinha sido super-romântico, a gente transou no chão do quarto, como há muito tempo não acontecia, imagina. Foi até estranho... No dia seguinte, ontem, volto pra casa no final da tarde, vejo um bilhete em cima da cama. Cheguei a pensar que era um bilhetinho romântico, uma coisinha assim. Era um bilhete de três palavras avisando que ia passar a noite fora. Imaginem como eu me senti..."

"Mas exames de quê? Algo sério?"

"Passar a noite toda na clínica? Que estranho. Que exames são esses?"

"Acho que é neurose dele. Ele está cada dia mais hipocondríaco. Sei lá. Ele não fala. Disse que tinha se queixado de umas dores de cabeça e quis fazer um eletroencefalograma mais complexo. Eu não me lembro de ele jamais ter feito qualquer queixa sobre dor de cabeça. Essa história está mal explicada. Por mim pode ter um derrame igual à dona Deolinda e morrer de vez."

"Susi, que coisa horrível!"

"Susi, você tem noção do absurdo que você está dizendo?"

"Você brinca, mas o marido de uma amiga minha da ioga se queixava de umas dores de cabeça e descobriram que ele estava com um tumor no cérebro. Morreu em quarenta dias."

"Que horror!"

"Mas, sabe, é que eu acho inaceitável que ele simplesmente me ignore e que eu fique sabendo que ele foi passar a noite numa clínica por um bilhete mínimo que ele deixou em cima da cama."

"É, deve ser chato. Mas o Matias é complicado, você sabe. Deve estar com mil coisas na cabeça."

"Provavelmente não quis que você se preocupasse."

"Como foi a viagem?"

"Foi bem. A Juju está bem. Fiquei mais tranquila. Mas, no mesmo dia em que cheguei, tive que ir à casa da praia receber uns móveis que iam entregar. Fui direto do aeroporto para a praia..."

Susana ia, aos poucos, se conformando com possíveis explicações para o comportamento do marido. Embora julgasse o ato de Matias injustificável, compreendê-lo ajudava a conformar-se. Comeu uma torta de pera, tomou um café espresso e pediu uma segunda garrafinha de água mineral com gás.

O almoço, com a pregação das irmãs, como numa missa, dera-lhe certo conformismo, o primo mais nobre e mais rico da resignação. Agora sentia compaixão por Matias, seu Matias. Pobre Matias, doente, assustado, tantos problemas. Coitado do Matias.

Além das irmãs, o almoço tivera um conviva adicional, invisível e inesperado, do qual ninguém se dera conta. Durante a refeição, um anjo havia sentado à mesa com Susana, Rute e Delfina, espargindo tolerância e caridade sobre as entradas, os pratos principais e as sobremesas, adoçando os sucos de frutas e o café.

Ao pagar a conta, Susana sentia-se repleta, impregnada de tolerância e compaixão. Ela não sabia ainda, mas, aos quarenta e quatro anos, estava grávida mais uma vez. Seu marido, Matias, a havia emprenhado, perto de sua cama, no chão do quarto em que dormiam, e ela agora trazia no ventre um óvulo fecundado de dois dias de idade.

Matias tinha uma vaga ideia de onde ficava a Vila Boa Esperança, bairro onde morava Orlanda, no mapa de São Paulo. De onde estava, precisava seguir para o leste. O Oriente era a direção que deveria tomar. Conhecia a aparência das ruas da Zona Leste nas quais Orlanda vivia com a família. Mas Matias não tinha ideia do significado que essa ida rumo ao Oriente poderia ter em sua própria vida. Tampouco sabia se estava doente, se sua morte estava próxima ou se, no almoço de Orlanda, Susana estaria de bom humor.

Dirigindo-se para a Zona Leste, sentia fome e pensava no que Orlanda estaria preparando para o almoço. Esperava que não fosse um desses pratos populares, com vísceras ou sangue: dobradinha, mocotó, sarrabulho, galinha ao molho pardo. Comeria o que lhe oferecessem, engoliria seus preconceitos sobre os padrões higiênicos das cozinhas da periferia oriental de São Paulo. Populista, comeria o mocotó com muita farinha-d'água e elogiaria a textura do sangue de porco talhado na preparação do sarrabulho. Exploraria com a língua o relevo do pedaço de dobradinha na sua boca, adorando-o. Matias não magoaria gente que, querendo ser como ele, o convidara para almoçar.

Que ninguém tivesse dúvidas, porém, de que Matias,

tendo engolido o último pedaço de bucho e a última colherada de mocotó, já teria presentes os protozoários e os parasitas que, àquela altura, provavelmente já habitariam seu interior. Mas marcaria exame de fezes, tomaria vermífugos variados e, para se ressintonizar com a maravilha e o poder de sua pessoa, reservaria uma mesa no restaurante mais fino de São Paulo e tomaria sozinho uma garrafa de vinho francês, bom e caro, para desinfetar e perfumar suas entranhas.

Matias não encontrou mais o pedaço de papel no qual Quica caligrafara com tinta dourada o endereço da casa da mãe. Jurava tê-lo posto sobre o banco do passageiro. Com as mãos na direção, procurou o bilhete no piso do carro, talvez derrubado por alguma corrente de ar. Chegou a pensar que teria esquecido o endereço de Orlanda no escritório, na cozinha, ou que, talvez, houvesse deixado o papel no bolso do paletó, que descansava jogado no banco de trás. Teria sido um sonho?

Mas o fato de não ter o endereço de Orlanda à mão fazia pouca diferença para Matias. Lembrava de memória e era como se visse à sua frente as palavras escritas por Quica em dourado.

Esperava cruzar em breve a avenida na qual seguiria, de acordo com o seu mapa mental, até a área em que Orlanda morava. Talvez fosse um dos efeitos perversos da poluição, talvez fossem as condições meteorológicas mudando, mas o exterior, visto de dentro do carro de Matias, parecia mais e mais opaco, meio cinzento, quase nebuloso. Os companheiros de estrada envelheciam: carros velhos cheios de pessoas feias. Muitas crianças. No carro negro, brilhante, Matias ia se desenredando dos carros e da fumaça, ultrapassando-os num processo alegórico de seleção natural. Nenhuma daquelas crianças poderia crescer saudável respirando a fumaça negra que os carros de seus pais, tios e vizinhos exalavam.

Vindo do sul, dobrou à direita na avenida em que deveria permanecer por ainda alguns bons quilômetros. Nela, via outros carros velhos e os primos e irmãos daquelas crianças que haviam ficado na outra estrada. Seriam essas as crianças convidadas para o batizado de Andressa. A própria Andressa, até ontem pagã, cresceria respirando o ar impuro da Vila Boa Esperança. Beberia água poluída. Aprenderia as cores com as propagandas eleitorais pintadas nos muros. Nas férias, conheceria um mar barrento, uma areia suja. Anos mais tarde, se perdesse a virgindade numa casa de praia alugada por seis famílias durante o verão, estaria com certeza cuidando de micoses nas axilas, que já lhe começariam a arder.

Se tivesse sorte, se fosse bonita e bem-feita de corpo, poderia um dia ser descoberta por um caça-talentos numa lanchonete do McDonald's, e virar a musa de alguma coisa daqui a vinte anos. Poderia ficar rica, andar de helicóptero e colecionar sapatos. Isso, naturalmente, se aquelas micoses todas não marcarem a pele que, no dia de seu batizado, era ainda imaculadamente suave. Se Andressa fosse um menino, poderia se tornar um jogador de futebol famoso e ir morar na Itália, de onde vinha o nome que lhe fora destinado. Andressa. De que cor seria Andressa?

* * *

O som agudo de uma brecada de carro interrompe tudo — não importa o que seja.

Espera-se que tal estridência seja seguida de um estrondo metálico, abafado, do choque entre dois carros ou entre um carro e um poste. O silvo do pneu cria a expectativa de tragédia. Sempre foi assim e continuará a ser assim enquanto durarem os carros sobre a face asfaltada da Terra. Ninguém espera, porém, que a brecada acabe no nada, num barulho oco. Não se pensa que o grito agudo do carro possa ser ecoado pelo grito ainda mais agudo de uma mãe, ou de uma avó, ou de qualquer mulher desesperada com o ataque de um automóvel contra o filho, o neto ou o marido.

Matias pisou no freio do carro por reflexo, por medo de envolver-se no acidente, por prudência e covardia. Mas queria evitar qualquer contato com aquela gente e com aquele infortúnio. Quis acelerar e ir embora, mas era tarde; a mãe, chorando, com um filho ferido demais para chorar, pedia a ele ajuda e caridade.

Não disse nada, nem sim nem não, quando a mulher invadiu seu carro com o filho que um transeunte ajudou a recolher do asfalto. Matias não queria falar. Ouvia, no entanto, o gemido da criança, o choro da mãe e o nome de todos os santos.

O que teria acontecido se a vida não tivesse seguido seu caminho natural de perseguição à morte? Matias tinha curiosidade em saber se a vida havia finalmente encontrado a morte no corpo daquela criança.

Não ouvia mais gemidos. Não sabia se a morte havia

estado ali em seu carro, às suas costas. Pensava nas manchas brilhantes de sangue sobre o couro do assento. Preocupavam-no as manchas de barro nos tapetes.

Além da mãe e do filho, entrara no carro o transeunte que ajudou a recolher o corpo do asfalto. Era ele quem lhe dava as indicações para o hospital mais próximo. Chegaram logo. Criança, mãe e acompanhante desapareceram dentro do hospital. No carro, novamente sozinho, Matias, longe da agonia da mãe e do sangue do filho, manobrou aliviado. Estacionou, e algo que não soube explicar, mas que no fundo era curiosidade, atraiu-o para o saguão do hospital. Quis perguntar à atendente se ela sabia o que removeria as manchas de sangue do estofamento do carro. O que tiraria aquele cheiro de enxofre, de demônio, daquilo que a gente não quer ver nunca mais?

Na recepção, deu um número errado de identidade e um endereço inexistente. Fez isso por temor, desta vez das autoridades judiciais da cidade de São Paulo. Não queria confusão. Teve a impressão de que os dois policiais parados à entrada do hospital o observavam. Sentiu que estava destoando. Não queria chamar a atenção. Morria de medo da polícia. Havia lido nos jornais sobre os grupos de extermínio formados por policiais militares naquele bairro.

Caminhou em direção à sala de espera e acomodou-se numa cadeira. Respirar e desanuviar a confusão mental, faltava pouco para uma da tarde.

Num primeiro momento, sua atenção foi atraída pela própria sala. Nunca tinha estado numa sala de espera de um hospital da periferia. As cadeiras eram todas de plástico injetado laranja, algumas mais novas que outras, empoeiradas e sujas. O chão era Paviflex arranhado pelo trânsito de anos. Sobre uma das cadeiras, os restos de um jornal que alguém mais previdente se lembrara de trazer e esquecera. No teto, fixa num suporte, uma televisão desfocava as cores berrantes de uma apresentadora do programa infantil.

A paisagem humana era triste. De onde estava sentado, Matias observava uma mulher e seu casal de filhos: a menina, de uns cinco anos, assistia fixamente ao programa de televisão; o menino, mais novo, dormia aninhado entre o colo e o peito da mãe. Parecia cansada. Tinha olhos abertos, mas seu olhar era cego.

Havia um homem de idade incerta, que poderia ter trinta e cinco ou quarenta e cinco, caso em que teria nascido no mesmo ano de Matias. Tinha o braço engessado, preso numa tipoia, o lábio inferior inchado e um curativo entre o olho e a orelha direitos. Calçava uma chinela de borracha em um pé. O outro estava envolto na gaze do curativo. *Sofreu um acidente e está esperando alguma radiografia*, especulou. A pele do homem, oleosa, curtida de sol, contrastava com o branco dos curativos. Matias, de onde estava, não podia ver se ele tinha os olhos abertos ou fechados. A cabeça do homem pendia para baixo, na direção do umbigo, e, na imaginação de Matias, ele tratava de conter o choro provocado pela dor e por algum arrependimento.

Matias recolheu o jornal e começou a ler, sem muito interesse. Aos poucos, um cansaço quente e um peso inelutável no corpo — nas pálpebras — fizeram com que cochilasse. Antes de fechar os olhos, pensou num poema que sua professora de francês, Eneida, ensinara a recitar décadas antes. Sentado numa cadeira suja de plástico laranja, lembrou-se do *bâteau du sommeil*, o barco do sonho.

Por volta das duas da tarde, uma enfermeira o acordou.

"O Mateus faleceu."

Matias franziu a testa, em dúvida.

"O Mateus, o menino que o senhor trouxe, não resistiu e faleceu. O senhor é o atropelador?"

Matias despertou completamente com a pergunta sobre o seu envolvimento no episódio.

"Não, não atropelei ninguém. Só socorri. Onde está a mãe do menino?"

"O dr. Paiva acabou de dar a notícia. Acho que está lá dentro, acho que vão lhe dar um sedativo. Coisa triste, né?"

"É, coisa triste. Que idade ele tinha?"

"Não sei. Uns oito, nove. Tem que olhar na certidão. É difícil dizer."

"É, é difícil dizer."

Matias levantou-se da cadeira sem pensar no movimento que fazia. Sentiu vontade de respirar um pouco de ar fresco e caminhou em direção à saída do hospital, seguindo a luz do sol. Andava com a cabeça vazia, sem se preocupar com nada. De vez em quando, olhava para trás para se certificar de que aquele hospital branco, ao lado de edifícios menores e mais sujos, permanecia lá, sem se mover. Mas o interesse pela imobilidade do hospital foi aos poucos se transferindo para as frestas na calçada, onde nasciam pequenas flores amarelas, dessas que a gente brinca de esfacelar quando é criança.

Fazia calor.

* * *

Susana sentia-se abafada. Depois do almoço, decidiu voltar para casa, embora não fosse essa sua intenção inicial. Precisava comprar dois presentes e trocar um par de sapatos, mas o calor e a frustração que ainda sentia em relação ao marido a desencorajaram.

No almoço, poderia ter dito às irmãs que seu casamento era insatisfatório, que nunca tivera um orgasmo, que estava cansada e que tinha prometido a toda a família que iria morrer cedo, coisa em que ela própria acreditava. Teria sido mais honesto.

O meu amor por Matias me faz mal. Vai me fazer morrer cedo. Amar Matias me faz mal, me mata. Susana não pensava nesses termos. Não chegara ainda a essa conclusão. Para ela, seu amor por Matias e certo sofrimento, variável na intensidade mas perene na existência, não tinham nenhuma relação direta.

Eu amo Matias era uma conclusão. *Eu sofro profundamente* era outra. Essas duas conclusões coabitavam em Susana, em quartos e banheiros separados.

Seu entendimento só poderia chegar pelas mãos de um amigo, um desses mestres de obras da vida, às vezes até mesmo um desconhecido, que, com uma observação qualquer, põe abaixo uma estrutura que se julgava definitiva. Susana teria de abrir uma passagem entre essas duas conclusões estanques a que ela, sozinha, havia chegado: gostar e sofrer.

E se algum dia um desses mestres de obras puser abaixo uma parede e Susana perceber que os dois quartos eram uma peça só na estrutura original de sua vida? Isso não a faria necessariamente mais feliz. Mas haveria alguma possibilidade de felicidade sem que essa parede fosse posta abaixo?

Sem parede, num ambiente só, ela poderia abrir uma mesa de jantar linda que tinha guardada em algum depósito de sua vida. Poderia fazer celebrações suntuosas, bem servidas, com velas acesas e as flores de que mais gostasse.

Claro que essas divagações sobre os jantares que Susana Grappeggia oferecerá se um dia conseguir abrir lugar para sua magnífica mesa não fazem parte da realidade. Hoje, neste minuto, ela só tem os dois quartos separados em que a tal mesa nunca caberá. Um dia, se tiver sorte e estiver atenta, vai encontrar um mestre de obras numa loja ou num posto de gasolina. Pode ser que, aí, a parede caia.

Orlanda não está. Matias tampouco está. Janice está, mas não sabe onde o patrão ou a outra empregada estão. Susana caminha para o quarto. Mantém a cabeça baixa enquanto sobe as escadas. Chega ao banheiro. Em frente ao espelho, tira os brincos e desabotoa as mangas da camisa. De sutiã, volta para o quarto, que está fresco e escuro, com as cortinas fechadas. Liga o ar-condicionado. Pendura a camisa no cabide de pé que Matias usa para pendurar seus paletós. A saia que vestia ficou pendurada no banheiro.

Sentou-se na cama. Abriu o sutiã. Deitou-se de calcinha, que era daquelas mais folgadas, *caleçons*. Logo se cobriu com um lençol.

Tinha um pouco de frio. Procurou o controle remoto do ar-condicionado, na cabeceira, mas não o encontrou e levantou-se para desligá-lo. Voltou para a cama e, em poucos minutos, adormeceu.

Poderia ter tido um sonho erótico, se houvesse algum dia aprendido a sonhar com sexo. Mas não era o caso. Sexo para ela não era coisa de sonho, era coisa de realidade. Àquela altura da vida, quando a situação se apresentava, transava com o marido sem razão que o justificasse, como obrigação. Transava sem entender pra quê. Da mesma maneira que, quando viajava ao exterior, forçava-se a ir a pelo menos um museu, por obrigação moral.

Um dia, quem sabe, uma dessas visitas a museus poderia desencadear uma experiência estética, provocar uma epifania, na qual ela descobriria a razão da contemplação artística. Talvez chegasse esse dia.

Quanto ao sexo, no entanto, a epifania parecia improvável. Primeiro, porque, confusa com seu significado, menos e menos o praticava. Segundo, porque, nas poucas vezes em que transava, assustada com a própria ignorância, cerrava os olhos e os outros quatro sentidos, além do próprio coração.

Mas essa incompreensão só a incomodava quando era confrontada com o que ocorreria na cama. Dada a ausência de solicitações por parte de Matias, o medo do sexo era uma paisagem distante: uma geleira nos Andes, a visão do alto da serra do Mar, em que ela pouco pensava.

Continuava dormindo, tranquila e grávida, mas estava perto de acordar.

"Que cerveja você tem?"

"Tem a Kaiser e a Antarctica."

"Qual delas tá mais gelada?"

"A Antarctica."

A balconista abriu a garrafa de cerveja e a deixou lá, pousada, sobre o balcão do bar, ao lado de um copo pequeno. Em pé, com o copo de cerveja na mão, Matias pensava no que fazer. Frustrava-se a perspectiva do almoço. Estava atrasado demais. As pessoas já deviam ter começado a comer. Detestava chegar depois de todo mundo. Teria de integrar-se a uma sociologia iniciada. As conversas já teriam começado, todos já saberiam quem era quem. Menos ele. Além disso, não sabia mais como chegar à casa de Orlanda. A ida ao hospital o havia desviado do trajeto que, mentalmente, traçara para chegar lá. Agora, estava perdido e sentia-se cansado demais para tentar se reencontrar.

Aquele garoto morreu dentro do meu carro. Imagine que aquele garotinho desencarnou dentro do meu carro, enquanto eu estava dirigindo! Aquela mulher perdeu um filho de oito anos que saía com ela para fazer compras, para ir a uma festa de aniversário, ou a um batizado, como eu.

Matias pensava tudo isso encostado no balcão de fórmica verde-água do bar em que entrara buscando tranquilidade. Com seu copo e sua garrafa de cerveja, sentaria numa das mesas, sozinho, sem ter que falar com ninguém. Queria se recompor um pouco.

Quando se sentisse melhor, quando toda aquela poeira interior tivesse baixado, voltaria para o estacionamento do hospital, pegaria o carro, tentaria não pensar que uma criança havia morrido no banco de trás, e retornaria à vida normal. Contaria a Susana tudo o que havia ocorrido na periferia e esperaria que ela lhe contasse os detalhes da festa do batizado de Andressa, sem ressentimento. Seria esse o melhor de dois mundos.

A questão de sua amnésia perdia importância. Começava a se convencer de que havia mesmo saído com uma prostituta. Ela, mal-intencionada, pusera alguma droga em sua bebida. Chegaram a transar, e a moça, surpresa pela atenção e pela técnica daquele homem com quem se deitava, não conseguiu finalizar o golpe. Tirou o dinheiro, mas não os cartões de crédito, para não causar transtorno muito grande a ele. Deixou-o dormindo. Deu-lhe um beijo de despedida, que ele, desmaiado, só registrou no inconsciente, e foi embora, pensando em ludibriar alguém com menos qualidades.

Essa era sua explicação para o ocorrido. Quando ele voltasse para casa, para os filhos, para a mulher, para os cachorros, enterraria a tal história. De resto, tomaria maiores cuidados quando viesse a sair com uma prostituta no futuro.

Concentrou-se no amargo da cerveja. Ao mesmo tempo, no salão do bar, uma partida de sinuca se desenrolava. Jogavam dois caras, um tipo quase gordo, de cabelos desgrenhados e bermuda, e um homem mais velho, grisalho, muito magro, de calça comprida, camisa de algodão fino e sandálias.

Matias sempre gostara de sinuca, e sua atenção foi aos poucos seduzida pelo jogo dos dois homens. Mais jovem, achava que sinuca era um jogo viril. Primeiro, havia aquela sensação de estar segurando o próprio pênis, enorme e duro. O taco e as várias bolas de alguma maneira lhe evocavam imagens fálicas multitesticulares.

Para ele, mulher não jogava sinuca, mas gostava de ficar ao redor da mesa, orbitando, admirando os jogadores, medindo suas tacadas. Assim, para Matias, as partidas de sinuca sempre tiveram algo de conquista do sexo oposto, quase como uma dança ritual, em que o macho, seu taco e todas aquelas bolas tratavam de impressionar as mulheres, encaçapando-as.

Mas ali, naquele caso específico, naquele bar, o interesse de Matias era quase nostálgico. Fazia tempo que não assistia a uma partida de sinuca. O feltro verde evocava os tempos em que, antes de conhecer Susana, jogava com os colegas da faculdade.

Como único espectador, estabelecia-se um vínculo imediato entre ele e os jogadores. De vez em quando, fazia-se um comentário, que não se destinava a ninguém: uma opinião, quase uma visão de mundo, que ia dando a noção das próximas ações dos jogadores.

Depois de algum tempo de observação, Matias arriscou um palpite sobre a bola cinco, que o jogador mais velho, Antônio, acabou encaçapando. Criara-se uma cumplicidade não totalmente ostensiva entre Matias e Antônio, o vencedor da partida. O perdedor foi embora, sem jamais despertar o interesse ou a simpatia de ninguém.

"Tá disposto a jogar umazinha, companheiro?", perguntou Antônio.

"Sei lá... Faz tanto tempo que eu não jogo isso", respondeu Matias aproximando-se da mesa.

"Besteira. Joguinho só pra entreter. Quem perder paga a cerveja."

A essa altura, Matias já tinha escolhido seu taco, cuja ponta começava a cobrir de giz azul.

"Salete, minha filha, traz mais uma bem geladinha aqui para nós", pediu à balconista, que Matias começara a notar. A moça, de uns vinte e poucos anos, tinha pele morena e cabelos negros escorridos. Era pequena, mas cheia de curvas e detalhes. Matias percebeu que tinha as unhas dos pés pintadas e que usava uma pulseirinha de metal dourado no tornozelo. Percebeu, também, que sua boca era bonita, seus dentes, muito brancos, e que seus olhos, castanhos, fitavam de frente.

Salete trouxe a garrafa suada, segurando-a pelo gargalo, com um pano de prato branco na mão. Apoiou a garrafa contra a mesa e abriu-a com uma mesura suave. Matias notou suas mãos pequenas.

"O moço vai beber onde, minha filha? Traz um copo pra ele, criatura!"

Detrás do balcão, Salete pegou um copo limpo do escorredor de louça. Sem dar uma palavra, aproximou-se da mesa de sinuca e entregou o copo a Matias, levantando os olhos como se se desculpasse.

Matias estava curioso por aquela mulher, mas precisava concentrar-se minimamente na partida. Em respeito a Antônio, que a havia tratado por "filha", e à memória de Mateus, o garoto morto, evitou a própria cobiça, coisa que não teria feito normalmente. Salete, já de volta ao balcão, começou a lavar uns copos. Matias deu um gole na cerveja, estalou a língua e perguntou:

"Quem começa?"

"Os mais velhos", respondeu Antônio, "os mais velhos sempre começam porque têm menos tempo para acabar."

A resposta fez sentido para Matias, e Antônio começou pela bola vermelha. Relaxadamente, a partida seguia. Nenhum dos dois era bom jogador, mas não se incomodavam com isso. As tacadas alternavam-se entre Antônio e Matias, monótona, inocuamente.

Antônio nada percebia, mas, para Matias, a presença de Salete tornava-se cada vez mais perturbadora. Ele tinha consciência da inquietação que o invadia, mas fingia ignorá-la. Falava alto, expandia seus gestos, fazia pequenos comentários e piadas só para chamar a atenção dela, que, quieta, lavava copos atrás do balcão.

Iam pela bola seis, a cor-de-rosa, quando Antônio pediu licença para ir ao banheiro "verter água".

Sozinho com Salete no salão do bar, quis saber mais sobre aquela mulher que o perturbava. Aproximou-se e, querendo iniciar qualquer conversa, perguntou se fazia tempo que ela trabalhava ali, naquele Bar e Restaurante Roda Viva.

"Você demorou tanto pra chegar. Não aguentava mais te esperar", foi o que Salete respondeu.

"Como assim?", perguntou Matias, confuso com a resposta da balconista.

"Por que você demorou tanto? Eu sabia que você vinha, mas não sabia que ia levar tanto tempo", disse Salete, olhando-o nos olhos.

Antônio retornou do banheiro e aquele diálogo sem nexo ficou suspenso, interrompido.

Que coisa maluca! O que é que essa mulher está dizendo? Fala comigo como se me conhecesse. Será que ela já fez programa e a gente se conhece de alguma balada?

Da mesa de sinuca, com o taco na mão, examinava o corpo de Salete para ver se se lembrava dele. Excitou-se com a ideia de que ela o tratasse com a intimidade de um velho conhecido.

Ela é bem gostosinha. Acho que ali tem para mim, pensou.

Para Matias, já não havia Antônio ou partida de sinuca. Seu único interesse eram as possibilidades eróticas com Salete. Naquele bar, só ela merecia sua atenção. Queria seguir adiante.

O primeiro passo para entender o que aquela mulher pretendia era precipitar o futuro, e o caminho mais rápido era abortar o presente, a partida de sinuca que Matias perdeu rápida e deliberadamente.

"Eu até lhe daria uma revanchezinha, mas é a quarta partida que eu jogo seguida. A mulher lá em casa fica brava se eu demoro muito. Foi um gosto", disse Antônio, enfiando a mão no bolso para pagar a conta das cervejas que havia tomado.

"Não. Eu faço questão. Deixe que essa despesa é minha. A sua fica para a próxima, na revanche", brincou Matias.

"Se é assim, eu aceito", disse Antônio sorrindo.

Despediram-se apertando as mãos. Estranhamente, Matias sentiu genuína afeição por aquele homem que poderia ser o pai de Salete.

Agora, no bar, ficavam apenas o homem e a mulher. Matias aproximou-se do balcão e pediu outra cerveja. "Que coisa foi aquela que você disse que eu demorei muito tempo pra chegar?", perguntou.

"É que eu pensei que você fosse chegar aqui antes. Por que demorou tanto?"

"Acho que você está me confundindo com alguém, menina. Eu nem deveria estar aqui. Vim parar aqui por acaso, só porque ajudei a socorrer uma criança."

"Não. Você tinha que vir. Tanto que veio. Eu já estava esperando você faz tempo. Você é minha felicidade prometida, e eu sou a sua."

O que aquela moça dizia não fazia sentido. Matias ainda pensou que talvez devesse ir embora, mas ela falava aquelas coisas de "ter que estar lá" e de "felicidade prometida" de maneira tão segura e plácida que ele não se sentia ameaçado. Ao contrário.

Sua curiosidade pela mulher aumentava, e ele cravava os olhos no decote de seu avental úmido. Excitava-se com aquela conversa estranha. Sentia-se num roteiro de filme pornô, em que os diálogos não precisam fazer sentido.

"Quer dizer então que eu sou sua felicidade prometida?"

"É, e eu sou a sua."

"O que é que isso quer dizer?"

"Que a gente só vai ser feliz juntos."

"Legal. E o que é que a gente pode fazer para ficar cada vez mais feliz? O que é que você faria por mim?"

"Nada. A gente não precisa fazer nada. É só ficarmos juntos que a felicidade vai tomar conta de nós. Você vai ver. Basta estar juntos que a alegria vem. Você ainda não está sentindo nada?"

A verdade é que, naquele momento, Matias sentia-se excitado. Mas a razão dessa excitação não eram as coxas ou os peitos de Salete, a razão era sua presença. O que excitava Matias era tê-la ao alcance das mãos, a possibilidade de vê-la e de tocá-la.

"Estou, sim. Você sabe que eu estou sentindo uma sensação muito gostosa por sua causa?", murmurou, baixando os olhos para seu próprio colo, onde facilmente se notava uma ereção.

Ao perceber o volume de Matias marcando-lhe a calça, Salete olhou-o nos olhos e sorriu, balançando a cabeça. "Isso é nada, Matias. Isso é só uma gota no mar de amor e coisas boas que a gente pode ter juntos, para sempre. O anjo me disse isso no sonho."

O jogo de Matias estava ganho. Respondeu o comentário de Salete com um olhar e com a mão, que tocou com suavidade o antebraço da mulher.

Ela, em silêncio, dirigiu-se à porta do bar. Puxou-a para baixo com um longo gancho de metal, fechando-a. Voltando para Matias, pegou-lhe a mão, beijou-a e disse: "Agora é a hora de a gente confirmar tudo aquilo que eu falei; a felicidade da gente começa agora".

Austrália

Seguiram de mãos dadas para os fundos do bar, onde a mulher tinha seu quarto. O piso era de cerâmica. Uma lâmpada nua pendia do teto e iluminava as paredes pintadas de azul-celeste. Havia uma mesinha com alguns vidros de perfume, cosméticos e um maço de cigarros, e uma cama de solteiro, sobre a qual descansava um cachorro de pelúcia antigo, daqueles cuja cabeça se move, presa ao corpo por uma mola. Dos olhos de vidro verde do cachorro aos olhos castanhos de Salete. Inesperadamente, sentia-se poético. *"Tes yeux sont si profonds..."* Poemas e poemas passaram pela sua cabeça, como num carrossel.

Mas Matias não recitou nenhuma poesia para ela. Não se perguntava o que fazia no quarto da balconista daquele bar e restaurante, com quem estava de mãos dadas e por quem mantinha uma ereção.

"Salete, por que foi que você me trouxe ao seu quarto?"

"Porque eu quero estar sozinha com você. Porque eu quero te conhecer melhor. Agora a gente tem que fazer isso." Depois dessa explicação, ele se aproximou dela e eles se beijaram. A partir daí não foi mais possível distinguir o corpo de um do corpo do outro. Poderiam ser xifópagos ou ter sofrido um acidente juntos. Seus corpos se fundiam. Distinguia-se uma ou outra coisa graças aos movimentos necessários para que o contato físico fosse mais direto. Iam num ritmo único, na mesma velocidade, para um destino qualquer que aceitavam juntos, sem resistência.

Como em um caleidoscópio, os olhos de Matias só viam cores. Ouvia uma música que ninguém tocava, e pensou na importância do contato humano para que se entendesse a arte. Tudo isso em segundos. A sensação de enlevo que experimentava lembrava a lombra de maconha. Abraçados, deitados um sobre o outro, seus olhos penetravam os de Salete enquanto seu pênis penetrava sua vagina e seus joelhos raspavam a face interna das coxas dela.

Os gemidos cresciam sem controle. Distanciava-se de si mesmo. Viu-se de cima, como se tivesse deixado seu corpo, e gozou chorando, como nunca lhe acontecera.

A presença de Salete foi a primeira coisa que sentiu depois do orgasmo. Lado a lado na cama, ele pousou a mão sobre a barriga da mulher e, por algum tempo, deixou-se embalar pelo ritmo e pelos sons que ela fazia sozinha.

Abriu os olhos. Encantaram-se novamente. No tempo que se seguiu, continuaram em uníssono, rindo, felizes, olhos nos olhos, dispostos a se conhecerem de novo, mais, e a confirmar que tudo aquilo era real, verdadeiro, e não parte de um sonho.

Enquanto o marido ejacula e chora de felicidade na Vila Boa Esperança, Susana sente enjoo em casa. Sua pressão sanguínea parece alta. Tem um incômodo profundo no ventre. Passa por sua cabeça a ideia de que, em três dias, poderia receber o diagnóstico de um câncer no fígado, denunciado por essa pequena pontada sob a forma de incômodo. Quais são os verdadeiros sofrimentos de Susana Grappeggia? De que morrerá você, Susana? Se não fizer nada, vai acabar morrendo de amor traído e seco. Da consciência de que ela tem tudo na vida, tem inclusive a consciência de que seu marido, cujo paradeiro para ela é um enigma, cuja vida para ela é um enigma, já é de outras e não lhe pertence mais.

Susana não contempla o que Matias contempla na Vila Boa Esperança: a possibilidade de ser mais feliz com outra pessoa, de talvez ser infiel, de buscar outro caminho. Ainda não havia tido coragem. Prometera a si mesma que Matias seria seu limite como mulher. Ele indicaria o caminho. Ela, que era mais medrosa, seguiria. O problema é que, nesse percurso comum, perdera Matias de vista. Não havia ninguém a seguir. Por medo, interrompera a caminhada. Qual fora a última miragem que teve? Seu último passo em direção à felicidade? Não podia ficar parada, esperando para sempre.

Quando voltaram do jantar na casa dos Bensahel e

Matias a atacou, Susana se surpreendeu. Aquele não era o Matias com quem se casara. Aquele marido ela não reconhecia.

Matias a fodia. Matias a queria fodida. Queria as profundezas da mulher. Fazia isso por instinto. Tinha vontade de inseminar. Não era amor que o movia. Era vontade de ferir, de tirar sangue. A concepção de um óvulo por um espermatozoide de ódio. O ódio talvez pudesse fazer coisas boas, então.

Susana tinha engravidado e carregava dentro de si uma nova vida. Uma nova vida pode se tornar qualquer coisa, tudo. Susana tinha todas as possibilidades do mundo dentro de si.

Ela não sabe de nada, mas sente que sua vida pode ser melhor, como a do bebê que se desenvolve em seu ventre. O futuro, em tese, abre para ela todas as possibilidades do mundo. Pode arranjar um emprego, apaixonar-se por outro professor de bridge ou perder o medo e recomeçar do zero, bem longe dali. Até que morra um dia, tem anos em branco para preencher, da maneira que quiser. Sem Matias.

Quando o óvulo não vingou e ela o expeliu na menstruação, sem perceber, já tinha enraizado a consciência de que, gloriosa, podia tudo sozinha, sem Matias. Susana desistira de Matias. *"Bye-bye, so long, farewell..."*

Na periferia, Matias se perguntava qual era o limite da beleza. Quanta beleza Matias conseguiria ver no rosto de Salete? Salete é a mulher mais bonita que ele já viu.

Não existe lugar no mundo mais bonito que o rosto dessa mulher, pensava Matias, olhando para ela, deitada, descansando do amor.

Para Matias, Salete tinha o rosto da felicidade que seus pais desejaram a ele na noite em que o conceberam. Voltava ao útero, sentia-se confortável. Poderia ficar nove meses preso pelo umbigo, naquela cama, olhando para aquela mulher. Com ela, ficaria vivo para sempre, numa repetição de presentes, todos paralelos, sem sequência. Todas as noites voariam pelo quarto de mãos dadas, imitando os noivos de Chagall.

Que coisa esquisita!, pensou. *A vida não pode ser assim. Nunca foi tão boa assim.*

E então se lembrou do medo. Fechou os olhos e imaginou, no céu azul, que uma nuvem negra surgia, que avançava crescendo sobre ele. No ar, sentiu o cheiro de chuva feia. De olhos abertos, ofuscado pela luz, ouviu o estalo de um relâmpago. Foi como se visse medo pela primeira vez.

Abraçou-se a Salete, aninhado, fechou os olhos e assistiu a uma explosão de cores e sons fabulosos dentro de si. Naquele corpo, encontrava todos os carinhos do mundo. Voavam abraçados pelo quarto. Dentro de seus olhos fechados, Matias via nascer a primeira alegria do mundo. Via a felicidade pela primeira vez.

Perdeu a conta dos minutos que passou com Salete. Fazia quanto tempo que tinha visto seu rosto pela primeira vez? Trinta minutos? Uma hora? Cinquenta horas? Matias tinha fome, e a fome lhe dava a noção de que algum tempo havia transcorrido desde que a conhecera.

Por um segundo, o rosto de Susana lhe veio à mente, para logo se quebrar em mil fragmentos; um quebra-cabeça de mil peças espalhadas, que ele nunca teve paciência para montar. Susana existia muito longe daquele quarto, que lhe daria nojo; daquele bichinho de pelúcia, que lhe provocaria riso; daquelas sensações, todas misteriosas e desconhecidas. Susana não existiria ali.

"Você já me esperava? Como é que pode ser isso?"

"Eu já sonho com você faz tempo, Matias. Desse jeitinho mesmo que você é. Até pelado já te conhecia. Quando te vi entrando no bar, hoje à tarde, te reconheci. Sempre sonhei com você. Eu sabia que você existia, só nunca tinha te visto."

"Como é que você podia ter certeza de que um homem que só aparecia nos seus sonhos existia de verdade? Como é que você podia, assim, ficar esperando por ele? Você tem namorado? Você deve ter alguém. Deve ter."

"Não, eu não tenho ninguém. Eu tava te esperando faz tempo, te disse."

"Mas como é que você podia ter certeza de que eu existia, menina?"

"Eu tenho sorte. Eu sou uma pessoa boa. Não faço mal a ninguém. Eu sabia que um dia eu ia ser feliz. Eu merecia que você existisse. E, além disso, eu sonhava com você. Isso vinha como confirmação."

Matias, deitado, olhava Salete, que, sentada sobre ele, projetava uma sombra enorme na parede azul-clara.

"Quantos anos você tem?"

"Quantos anos você acha que eu tenho?"

"Não sei."

"Tenho vinte e três. E você?"

"Eu tenho quase o dobro da sua idade."

"Qual é seu signo?"

"Sagitário, e o seu?"

"Áries. Você sabe se combina?"

"Acho que combina. Você não está vendo como combina? Você não está sentindo que combina?"

A essa altura, Salete sentia, contra sua coxa, o pênis ereto de Matias.

"Você desconfiava que eu existia?", perguntou Salete, ajeitando-se sobre o corpo intumescido de Matias.

"Não. Nunca imaginei."

"Você nunca sonhou comigo, então?"

"Eu nunca sonhei que você pudesse existir. Eu não sabia que uma mulher como você pudesse existir. Eu nunca senti isso que eu estou sentindo agora. Isso é novo pra mim. Nunca acreditei em felicidade prometida."

Salete baixou a cabeça sobre o corpo de Matias. Abrigada por sua cabeleira, beijou-lhe o peito, do lado esquerdo, perto de onde achava que ficava o coração. Com a cabeça sobre o peito aberto, esticou-se na cama e sentiu o pênis duro de Matias esfregar-se naturalmente contra sua barriga.

Ele tem o mesmo cheiro que nos meus sonhos, pensou. Abraçou Matias pela cintura, beijando-lhe o plexo, sobre o diafragma. Sentiu o coração dele bater forte, definitivo. Seu coração batia junto. Desceu a boca e beijou-lhe o pênis, agarrando-o pela base, acariciando os testículos.

Matias mantinha os olhos fechados. Sentia que penetrava Salete de maneira diferente. Claro que Matias já havia sido chupado, mas nunca como agora.

Susana tem problemas para chupar meu pau. A essa conclusão chegara havia anos. *Mas meu pau sou eu, não? Ou melhor, eu também sou meu pau. Por que ela faz cara de nojo? Por que eu tenho que propor sempre? Por que uma vez ela vomitou enquanto me chupava?*

Se a sua boca comportasse, Salete engoliria Matias. Tudo. Todo o Matias que tem em sua cama agora. Oitenta quilos de Matias.

Ele, por sua vez, na boca de Salete, sentia-se como um daqueles ratinhos marsupiais da Austrália, cuja mãe os engole para transportá-los e protegê-los. Sente-se como um canguru lutador.

Que bom que exista a Austrália. Que bom que a Austrália fique bem longe daqui e que quando aqui é dia, lá seja noite, que quando a gente está acordado, eles estejam dormindo. Eu quero viver com você na Austrália, Salete. Você sabia que a capital do país é Canberra? Que eles têm um deserto enorme e animais que só existem lá? Eu quero fugir com você para a Austrália, Salete, como todos os degredados que foram para lá antes de nós. Este século começou na Austrália. Você viu os fogos de artifício explodindo? Vamos para a Austrália comigo?

Perdeu as contas de quantas vezes, como fogo de artifício, explodiu na boca de Salete. Desejou que sua vida fosse aquilo: o primeiro dia do século começando sob fogos de artifício na baía de Sydney.

O sonho de Salete se realizara. Lá estava ele, igualzinho.

O mesmo sorriso. O mesmo jeito de andar. A mesma maneira de mexer-se na cama. O mesmo perfume. Pensou que aquilo podia ser só ilusão, mais um capítulo do seu sonho. Até onde percebia, tudo que vivia era realidade. Era vida. Uma vida diferente, porém. Uma vida de felicidade sem riscos. Lavou mais de um milhão de copos sujos de saliva e de batom para sentir o que sentia naquele momento. Lavaria ainda mais dois milhões de copos imundos, incrustados de sujeira seca, se lhe dessem a segurança de que o que vivia naquele momento era, de fato, a sua realidade, a sua felicidade prometida.

Salete quer que Matias permaneça em sua vida, Matias sente a mesma coisa em relação a Salete. Podem ficar juntos para sempre. Pode ser que essa felicidade máxima, absoluta, que se manifestou já no primeiro contato sexual, se reproduza eternamente até o dia em que um dos dois morra. É o que aconteceria.

Matias não sabe, mas Salete tem um filho, que frequenta a mesma creche que a neta de Orlanda. Salete ama Leandro, seu único filho de seis anos.

O amor que sente por Leandro é o amor que nutre pelo mundo, pela humanidade, por estar viva. O amor que, já em sonho, sentia por Matias é diferente. É um amor só dela.

Matias não sabia ainda o que pensar. Achava, intuitivamente, que, desde que acordou no hotel, três dias antes, não era mais a mesma pessoa. Ou, pelo menos, já não vivia da mesma maneira: sua vida se transformara sem que ele entendesse muito bem as razões. O conceito de plausível, de razoável, parecia ter mudado. Tinha vontade de olhar seus documentos para ver se nesta nova vida, em que tudo era diferente, não teria ele recebido também uma nova identidade, um novo nome.

Nunca perderá seus filhos, que tem a certeza de amar. Tinha a impressão de que jamais perderia Susana, que prometera ser sua para sempre. Tinha duas casas bonitas. Mas se lembrava bem de quando era pobre. Saíra do nada e chegaria ao qualquer coisa.

Mas qual o sentido de falar sobre o que Matias sentia a respeito de sua ascensão social? Ele já se apaixonou. Essas coisas valem menos quando o sentimento é forte. Ama como nunca amou nenhuma outra mulher.

Vejamos: Salete já lavara um milhão de copos enquanto esperava Matias aparecer em sua vida. Suas mãos já não eram tão macias. Na verdade, eram ásperas e maltratadas. Muito jovem, teve um filho, criado com a irmã que mora no mesmo bairro. Veio do interior, para onde nunca mais vai voltar.

Acabara de despertar. Ao seu lado, Matias olhava para o teto fixamente, maravilhado.

"Quer um café, bebê?"

Matias surpreendeu-se ao ser chamado de bebê, como Susana também o chamava, até um dia parar de fazê-lo.

"Vou passar um café pra você e pra mim."

Foi só então que Matias percebeu que, em um cantinho do quarto, havia dois caixotes de madeira superpostos, cobertos com um pano de cozinha com a estampa apagada, sobre os quais estava o fogão de duas bocas em que Salete prepararia o café. O bule verde-escuro de metal esmaltado o fez lembrar de sua avó, de inusitada presença ali.

Encandeado pela luz do bico de gás que aquecia a água do café e com a própria imagem de Salete, Matias virou o rosto, e seus olhos começaram a examinar o quarto. Assim, sem ela na cama, teve a impressão de que o quarto era frio.

No canto oposto ao do fogareiro, Salete tinha dois outros caixotes superpostos, cobertos com uma toalha de mesa branca. Sobre estes dois caixotes havia uma escova de cabelo, um frasco de perfume, um desodorante, um vidro de esmalte, um batom e um maço de cigarros. O espelho para que ela pudesse se pintar se equilibrava no canto da parede, atado a um prego grande.

Não havia janelas no quarto. Havia uma espécie de cobogó, pelo qual se fazia uma fraca circulação de ar. Ao longo dessa abertura, Salete pendurara os cabides das poucas roupas que tinha. Ao longo das roupas penduradas, no chão, estavam os dois pares de sapatos que possuía, além das sandálias de dedo. O piso era de cerâmica vermelha. Por mais um momento, admirou Salete. *Susana nunca teria a coragem de morar aqui*, pensou.

Salete tinha de ter sido forte. Criança, gostava de televisão e de revistas. Lembrava-se de assistir a *Perdidos no Espaço*, onde estava garantida a existência de outros mundos. Um dia, decidiu que iria ver o que passava dentro da televisão e das revistas: embarcou num disco voador da Viação Cometa para São Paulo.

Trouxera o filho consigo e o confiara à irmã, que viera

para São Paulo antes dela. Visitava-o frequentemente, mas sentia sua falta, sobretudo à noite. Evitava pensar nele para não sofrer. O que sentia por Matias era claro. Ali, naquela cama, acabava a sua busca, o disco voador tinha, enfim, pousado. Ela dormia tranquila. Ele não sabia onde estava. Nada fazia sentido. Havia algumas horas amava uma balconista de bar. Havia algumas horas sentia felicidade continuamente, como se uma sonda invisível lhe injetasse litros e litros de uma substância maravilhosa, que o abastecia. *Será que o amor existe?*, perguntou-se.

Será que o amor existe?, perguntou-se Susana, deitada na cama, distraída de uma revista que lia. Achava tudo aquilo muito cansativo, como uma história sem fim. Sofria por Matias, que não sofria mais por ela. Sofria pelos filhos, que, ela esperava, sofreriam por ela um dia, sobretudo se ela morresse cedo.

A janela arqueada de seu quarto a lembrou do seu medo absoluto de engordar e de coincidir sua silhueta com a moldura da janela.

Confundindo passado e presente, Matias pensou que aquela sensação de felicidade total pudesse ser efeito retardado da droga que lhe haviam dado dias antes no hotel. Não sentia medo. Mais uma vez, seu pênis endureceu e, olhando para Salete, da cama, sentia vontade de abraçá-la e de seguir com ela por todos os mundos existentes, levado pelo disco voador em que também ele embarcara.

Deitado, olhava para ela preparando o café sob a luz fraca da lâmpada, que pendia sozinha do teto, e do fogo, que esquentava a água para a bebida. Ela estava nua, e ele só via beleza ali.

"Tá bom de doce?", perguntou Salete.

O gosto do café, doce e ácido ao mesmo tempo, não era o que ele esperava.

"Tá ótimo", disse, já abraçando-a e puxando-a para a cama, deixando o café de lado.

"Deixa eu terminar meu café, Matias..."

Matias não deixou. Foi bom que não tivessem tomado o café, porque depois adormeceram juntos, tranquilamente, um nos braços do outro.

O quarto dia

No escuro, Matias despertou do mesmo sonho que já tinha tido. O homem com sorriso bovino, no aeroporto sem aviões, voltava a desejar-lhe felicidade em espanhol: *Que sea feliz, Don Matias, siempre, siempre. Lo más importante es que seamos felices*, relembrava.

Incomodou-se com o retorno daquele sonho, que trazia consigo a memória de sua doença. Não conseguiu ver que horas eram em seu relógio. Sentia-se bem. Não tinha frio. Salete o havia coberto com uma manta fina quando, mais cedo, a lâmpada acesa a acordara.

No escuro, Matias sorriu. Sem luz, sem sono, pensou no que vivera nesses últimos três dias. Retrocedia, ação por ação, para dentro de seu próprio passado. Esqueceria essas sensações que lhe tiraram os pés do chão? Esqueceria toda a beleza que viu nos olhos castanhos daquela mulher? Esqueceria a felicidade?

Ficou assim, meditativo, de olhos abertos, com Salete ao seu lado, por vários minutos. Respirou fundo e tinha uma lágrima em cada olho quando se levantou da cama com cuidado. Silenciosamente, caminhou até o interruptor de luz. Iluminada, Salete dormia, sonhando com a felicidade que chegara.

Não olhou mais para Salete. Vestiu-se devagar e sentiu a carteira e as chaves dentro do bolso do paletó. Sem olhar para a cama, abriu a carteira e tirou todo o dinheiro que tinha e deixou sob o copo de café meio vazio no caixote de cabeceira.

No escuro, passou pelo corredor com cuidado, olhando para baixo, até chegar ao salão do bar. Aproximou-se da mesa de sinuca e passeou longamente os dedos pelo feltro verde esperança. Nas garrafas atrás do balcão, viu o reflexo do primeiro raio de luz de mais um dia.

A chave do cadeado da porta de aço estava sobre a mesa, presa a um chaveiro de plástico em forma de globo terrestre. Olhou para o mapa amarelo da Austrália. Quando resolveu sair, já havia luz no horizonte de São Paulo, que avistou de longe.

Pelo menos o tráfego vai estar tranquilo. Tenho que preparar a viagem para Miami. Não posso esquecer de pedir para a Adriana ver a passagem da Juju.

Lembrava-se bem de onde estacionara. Em frente à clínica, um vigia fingiu achar natural que um homem de paletó, com cara de gente fina, abrisse a porta de um carro importado naquele fim de madrugada.

Dentro do carro, sentiu o cheiro das rosas alaranjadas

de Orlanda, esquecidas sobre o banco do passageiro. Poderia ter ido embora imediatamente, mas não resistiu ao impulso de depositar as rosas na calçada, em frente ao bar, como quem marca uma sepultura com flores compradas no cemitério.

Compraria o carro cor de prata. Trocaria por um sonho dourado. Pelo retrovisor, olhou uma vez mais a mancha laranja das rosas na calçada. Sentiu o frio da aurora no pescoço e ligou o aquecimento dos bancos. Em minutos já cruzava avenidas, viadutos e pontes, vendo o começo e o fim de uma mesma história.

Quem terminava o dia naquela madrugada insólita? Quem começava o dia ali, naquela avenida que aos poucos se desiluminava?

A imagem de Salete lhe vinha à cabeça, mas se emaranhava nos outros tantos absurdos ao seu redor. Estava cansado. Não podia chegar em casa assim, com cheiro do café que outra mulher fizera para ele. Não poderia chegar assim, sem entender o que lhe acontecera, sem pôr as ideias em ordem.

Seu Volvo o conduziria à segurança. A paisagem de São Paulo ficaria mais familiar. Seguiu para o mesmo hotel no qual, dias antes, despertara. Queria recomeçar do zero. Queria acordar de novo sabendo o que se passara, no hotel de mármore branco e bronze, como o jazigo que mandara fazer para os pais, onde um dia também ele seria enterrado.

O recepcionista o cumprimentou e só voltou a olhá-lo nos olhos quando lhe devolveu o cartão de crédito junto com a chave do quarto. Em frente ao elevador, pensou que uma ducha talvez o ajudasse a organizar as ideias.

Estaria no mesmo quarto em que estivera, absorvido em sua vida. Quando tirasse a camisa, sentiria o cheiro de Salete em seu peito.

Enquanto decidia o que fazer, dobrava sua roupa, pendurando-a metodicamente no armário. Não queria tirar o cheiro de Salete do corpo. Esboçaria um sorriso e, sem sono, prepararia uma dose de uísque, de que começaria a se servir antes mesmo de se sentar na poltrona em que se sentou.

Na cama, voltou a sentir o cheiro de Salete, a mulher da noite anterior. Queria sonhar com ela uma última vez. Tomaria banho quando acordasse, às nove, e não às sete, como todos os outros dias. Minutos depois, o sono o atacou. Lembrou-se do sorriso bovino em seu sonho em espanhol e sucumbiu.

"Suas chances se acabaram, Baby..."

Dormirá por várias horas. Acordará enjoado, com dor de cabeça, sentindo-se mal, esquecido do rosto de sua felicidade prometida. Nunca chegou à Austrália. Não transformou a vida ao longo de uma noite. Não voltou a sentir medo, nem chegou a ser feliz. Mas isso era tudo o que queria da vida: apagar Salete da memória e dormir muito, se possível, dormir para sempre.

ESTA OBRA FOI COMPOSTA POR VANESSA LIMA EM MERIDIEN E IMPRESSA
EM OFSETE PELA GRÁFICA PAYM SOBRE PAPEL PÓLEN BOLD
DA SUZANO S.A. PARA A EDITORA SCHWARCZ
EM ABRIL DE 2023

A marca FSC® é a garantia de que a madeira utilizada na fabricação do papel deste livro provém de florestas que foram gerenciadas de maneira ambientalmente correta, socialmente justa e economicamente viável, além de outras fontes de origem controlada.